魔豆

魔豆

玫瑰色鬼室友

My Dear Ghost Roommate

vol.1

異形之友

林賾流——著
哈尼正太郎——插畫

玫瑰色鬼室友

vol.1 異形之友

目錄

Chapter 01 / 玫瑰公主覺醒

我的大學室友許洛薇，英文名字Rose，綽號玫瑰公主，口頭禪是想要擁有玫瑰色的人生，瘋狂熱愛各種玫瑰系列產品，不但沐浴乳和洗髮精都是玫瑰香味，每晚還用昂貴的大馬士革玫瑰花水敷臉。我們那一寢的女孩子全省了香水錢，每天出門自帶花香，但是大學女生會認眞化妝噴香水的眞的不多。

這股香味也跟著我到了活動社團，柔道社學長每次摔我都會笑得亂七八糟，不巧我不是會讓男性因爲體香心動的類型，我懷疑「玫瑰香＋蘇晴艾」能合成笑氣生化攻擊效果，反正我就是和香水絕對不搭的生物，大家都這麼公認，最近才有個學弟說我很有男人味，被我用過肩摔公開處刑。

我不是體育系，但我會參加柔道社又得歸功於許洛薇。她看上柔道社主將，大三的體育系學長，四個字：黑高勁帥。她拜託我混進社團和主將學長打好關係，起碼要探聽到他有沒有女朋友。

那時身爲父母雙亡、拋棄繼承用學貸來唸書的小大一，整整一個學期的宵夜獎賞實在難以抵抗，我可以省下晚餐或用麵包先擋一下，等她結束各種活動後回來餵食。

結局是學長有女朋友，也是同系的學姊，未來的跆拳道國手，沒有任何雌性生物敢搶她的男人，但許洛薇不肯放棄，約會經驗豐富的她相信校園情侶很快就會分手，要我繼續臥底。

只要有宵夜和許洛薇怕胖轉送給我的貢品，我無所謂，再說學個武術還可以強身健體呢！

已經六年了，往事依然歷歷在目……

「小艾，妳在發呆啥？送貨卡車來了，快點幫我把這箱雞蛋搬過去！」同事的呼喝聲打斷回憶。這是大學畢業兩年後的現實，找不到本科系工作的我只好在一個個打工中輪轉。這還是比較順利的情況，運氣不好時連續幾個月只能失業在家，導致我有著像古人一樣數著銅錢過活的習慣，壓力一直很大。

正如同中文系的許洛薇完全不像林黛玉，設計系的我也不是潘玉良。無數前輩預言畢業即失業，就算想爆肝還不見得接得到case，加上每年都有學長姊因爲憂鬱症退學或出意外，我會想練武強身就是爲了這種時候能夠做點勞力兼職，順便減少腦袋瓜裡的黑暗念頭。

下午五點半，在蛋行兼職的我正盤算著今天晚餐內容，老闆夫婦走過來把我拉到一旁，臉上帶著抱歉的笑：「歹謝喔，妹妹妳明天不用上班了，我們現在沒辦法請太多人。阿香是單親媽媽需要薪水養小孩。妳大學畢業是讀書人，窩在鄉下蛋行可惜啦，不如在大城市找到更好的工作。」他們提前將薪水發給我。

老闆夫婦和阿香阿姨都是好人，累歸累，工作氣氛不錯，我只能摸摸鼻子笑著說謝謝，帶著一袋皮蛋、鹹蛋回家。

這次兼職只做了三個月，又得煩惱現金收入了。

我就讀的鄉下私立大學附近都是稻田，畢業以後一直沒離開大學生活圈，主要原因是我不能離開目前的住處，這件事和許洛薇有關。

大一時我和許洛薇被分配到同一間宿舍，就這樣認識了。入學兩個月後我才知道她外號叫玫瑰公主，其實我一直覺得這個綽號有點霸凌的味道，不過許洛薇本人喜歡，而她家財力不是開玩笑的，本人也的確很像公主，例如派對公主或舞會皇后那種。

大學生住宿舍通常為了省錢，許洛薇則是圖個新鮮，因此一年後她不和新生一起抽籤，直接搬出去，許家在學校附近買了間中古透天厝給她當大學期間的住處。

據說許洛薇雙親很擔心她連一個學期都讀不完，獨生女有張大學學歷就滿足了，於是和許洛薇打賭，只要她讀完一年就在學校附近置產讓她住，若是她能順利畢業，那棟房子連土地所有權一併歸她，當作支持她出社會創業的資本。

在大學附近買地是不錯的投資，屋殼只是附帶，那棟中古屋屋齡起碼超過四十年，對花花嬌女來說住在裡面也算一種磨練，許洛薇總是說她要將老房子拆了改建咖啡花茶民宿。

問我會不會討厭許洛薇，完全不會。畢竟許家父母不放心她一個人住，逼她非得找個室友，我用只能租到三坪無窗冷氣雅房的價格換到一間有小陽台的十坪客房加上自由使用閣樓。

原本條件是這麼談，許家父母知道我一窮二白只能靠學貸和打工度日，還豪爽地免掉房租，要我只付水電費就好，連網路都不收錢。

有錢人通常希望小孩和小孩的朋友學會正確金錢觀，房租全免到底還是有些過分，看來在學校是柔道社還保證會保護許洛薇這件事讓我加了不少分。

當然也不能白住人家，家事我全包了，雖然過程中曾將許洛薇的高級內衣直接丟進洗衣機，又忘了把容易染色的衣服挑出來洗，但她毫不在意，還說可以買新花樣。

我喜歡她，許家就是那種讓人討厭不起來的有錢人，許洛薇也真的是個香香的玫瑰公主，這樣一個公主沒有管家照顧會出問題，於是我從一個父母去世前十指不沾陽春水、整天補習的高中生，接著是狀況外的大學新鮮人，漸漸學會很多雜務。

「小艾，不好意思都讓妳做家事，聽說別人都會訂生活公約，我們要不要也訂一下。」以前公主曾經提過獨立宣言，但她的手帳裡行程密密麻麻，說這句話時眼神不安地飄動。

我很客氣地回答：「就當是抵房租，否則我也住得良心不安。」

「不要這麼閉俗！一條也好，妳希望我怎麼配合？」

「眞的可以嗎？」

「說啦！還是不是朋友？」

當時我並不覺得和她是朋友，只是這個美女不難相處，對我又親切，也許在女生裡面這樣就算朋友了。我們藉著每天宵夜餵食混得很熟以後，許洛薇認爲我是她的超級好朋友。

「好吧！只有一條，妳可不可以不要帶男朋友回來過夜？」雖然我有防身能力，還是覺得不認識的男生在屋子裡怪怪的。

「厚唷！我本來就不會帶男生回家好不好！妳好色哦！」許洛薇使出粉拳攻擊。實話說，有點痛。

中古透天厝有前庭後院，可以讓我種菜養雞。我不願殺雞，只是想要雞蛋，許洛薇知道可以撿蛋時樂瘋了。我被讀設計系居然這麼花錢嚇傻了，逼不得已開源節流，過著很藝術家的生活。

我本來以爲許洛薇很花心，實際生活在一起，才懂什麼叫作純情色女。玫瑰公主對漂亮肌肉有偏好，非比尋常的熱愛，連我經過鍛鍊的手臂都能摸得不亦樂乎。但她最喜歡的還是長在男孩子身上、象徵力與美的肌肉，尤其是腹肌，可以摸上一個晚上，有時還會舔。

我眞同情那些男友，因爲許洛薇無法接受那麼美麗的東西下方長著蘑菇，每當她的男朋友在她膜拜腹肌時將她的頭往下按，她就會狂怒，接著只好分手，連她自己都承認這很變態。

「變態就變態！老娘認了，反正我有錢，將來找個合心遂意的美男子不行嗎？我不需要他養我，只要他保持好身材，對我好，不找小三。」

某方面來說，許洛薇對伴侶的要求驚人得單純，讓我忍不住尊敬起她；至於我，只希望畢業後還完學貸活下來，戀愛的事想都不敢想，至少大學三學分裡，課業和社團我拿了兩個。

大四畢業前夕，我以為用做雜務換宿和被許洛薇餵食省餐錢的美好生活即將結束，她卻用一種奇特的方式將我留在那棟老房子。

許洛薇在系館跳樓自殺了。

沒有遺書，沒有徵兆。前一天還好好在電話裡聊天的女兒忽然沒了，許家父母哭斷腸，不停逼問我原因，我只能陪他們留在靈堂，跟著掉了幾次眼淚。

畢業後我無處可去，就學貸款有五十萬，哪怕逮到機會就打工，設計系的材料費、布展費和繁重功課讓我大學四年存不了錢，只得厚著臉皮請許家父母讓我用當初說好的便宜租金繼續住在那棟老房子，等找到工作再搬走。

住了一年後還是找不到正職工作，原本打算硬著頭皮向許家父母告辭，他們卻主動挽留，再次提出房租全免的優待，甚至要付我打掃維修費，等於聘請我維護許洛薇的故居，我嚇得趕緊推辭，客套一番的結果是今後連水電費都不用付了，據說是許洛薇託夢給他們表示不想一個人住。她的房間和老房子擺設我一直維持原樣，包括玫瑰公主出錢要我種的夢幻玫瑰園，可惜存活的只有黃玫瑰。

只要黃玫瑰開花，我總是將花剪下來插進裝水的玻璃杯，擺到許洛薇臥房窗前，起因是我們種不好紅玫瑰，她生前總是自掏腰包去花店買花，少少幾支含苞欲放的紅玫瑰放在老房子裡，讓空氣中經常飄著自然的花香。

我覺得這種紀念方式比燒紙錢環保多了，再者，玫瑰雖然顏色不同，總是一樣芬芳。

許家父母對女兒眞正死因始終耿耿於懷，我也一樣。

由於住得近，我還是會回柔道社運動，順便到大學圖書館借書，旁聽一些有興趣的課程當作進修。總而言之，我和學校還保持某種聯繫，許家父母期待說不定哪天我會發現許洛薇爲何主動結束年輕的生命。

在死去好友的老房子裡住得如魚得水，可以看出我是一個不信怪力亂神的人。許洛薇並非第一個在那間系館跳樓的學生，其實我們大學平均每年跳一個，地點不一定，校園傳說有厲鬼找交替，但我不信這回事。

如果沒有遇到許洛薇，還有她那大剌剌的物質援助，可能其中一個往下跳的人就換成我了。說眞話，我也想找到那個害她自殺的傢伙，總之不可能是課業或同儕壓力。

如果我不幫她寫報告，她會出錢找別的槍手，還不如由我來賺這筆零用金；另外她同儕關係好得很，屬於大家爭相拉攏的人脈目標。撇開家世不談，她也是超受歡迎的學生公關，討厭她的一小撮人對許洛薇來說不痛不癢，畢竟她可是把玫瑰公主這個略帶欺負意味的綽號活成實至名歸的許洛薇。

我最無法想像和許洛薇有關的字眼就是自殺，按照她自己的話就是，在沒擁有全世界最棒的腹肌美男之前她絕對不能死。

若不是許洛薇三天兩頭在電話裡告訴許爸許媽我對她多麼好，她完全不能沒有我，加上她自殺時我正在另一棟系館趕動畫作業，每台電腦前都有人，不在場證明相當充分，許家父母搞不好會把我當成當時在頂樓上與許洛薇發生爭執、導致她情緒失控憤而跳樓的凶手。

爲什麼不可能自殺的人偏偏自殺了？是跟蹤狂害的嗎？不，如果有跟蹤狂，許洛薇早就告訴我了，再說警察也說鑑識結果沒有他殺可能。

直到三個月前，我還是那個看不到未來的蘇晴艾，跌跌撞撞過日子。柔道社課結束後，我自願留下幫學弟妹演練社團招生的表演動作，離開體育館時已經超過晚上十點，外面下起傾盆大雨。

我早有準備，拿出摺疊傘，本想直接往機車棚牽車回家，卻心念一轉，向中文系館走去。由於夜已深，已非在校生的我也無法憑學生證刷卡進出，我只是停在許洛薇的墜落地點前抬頭往上看。

深黑夜空掉下無數雨針，有些射進傘裡刺得我眼睛發痛，我想像一道雪白身影從上面摔下來的畫面。

許洛薇自殺時穿著白色洋裝，宛若天使，那套小洋裝被鮮血染紅了，這是來自目擊者的消息。我接到許家緊急通知後直接趕去醫院太平間，代替無法立即趕到的雙親認屍，直到鮮花、蠟燭和紀念卡片從現場消失前，我都沒踏入中文系地盤。

「妳幹嘛要跳下去？」我輕聲問那塊積滿雨水的地面。

四周除了雨聲一片靜寂，褲管和鞋子都濕透了，我縮著脖子撐傘轉身離開，瞬間一個踉蹌。

低頭望去，一隻毫無血色的手緊緊抓著我的腳踝。

蒼白手臂從抓著我的手掌部位延伸，猛一看好似根白蘿蔔，末端透明，溶入雨水淅瀝的夜色裡。

比起尖叫，我的本能反應是一抽腳甩開那隻鬼手，沉腰擺出備戰動作。

事後我在廁所對著鏡子問：蘇晴艾，妳當時怎麼不像正常人一樣拔腿就跑呢？

都怪主將學長將我訓練得太好了，只要對戰逃跑一律到柔道墊紅線外罰伏地挺身，我恨伏地挺身。

鬼手抽搐著拍了幾下，飛快顯現完整人形，一個長髮蓋住臉的紅衣女人趴在地上，緩慢地朝我抬起扭曲的臉孔。

然後打了個大大呵欠。

我對這份慘狀相當熟悉，過去每天早晨五個鬧鐘響完，許洛薇呈現泥人溶解狀態，我將她拖下床梳洗時，她就是這麼地痛苦。

「……小艾嗎？妳終於來了。」法律與物理上都已經死亡的許洛薇癟著小嘴仰望著我，手腳卻像蝴蝶標本被看不見的力量釘在地面。

很奇怪，我並不是太害怕，原因可能有二：一、她是我朋友；二、既然她碰得到我，表示我能還手。

好吧，加上三，許洛薇沒有七孔流血，甚至頭部也很完整——標準美女的腦袋瓜，就是髮型亂了一點，大雨無法弄濕她的長髮與紅色小洋裝，所以我看到的存在眞的不是活人。

按照民間傳說，她穿著血衣，顯然是個加強版的厲鬼，但許洛薇身上的紅不是噁心恐怖的血污，反而有如薔薇花瓣，勻稱、艷麗並且乾淨，乍看讓人以爲是米蘭時裝秀上的名牌服飾。

「薇薇，眞的是妳嗎？」

她又對我伸長手臂，看樣子希望我拉她起來。

如果現在轉身狂奔，想必她一定追不上我。不知爲何我有這種把握。

我伸出手，努力握緊她的手掌，卻徒然抓住空氣。

我試著托住她的手臂，卻像捧著一個冷氣團，氣力一鬆，那坨布丁似的冷氣團立刻滑落。

我再度蹲馬步穩住重心，想像自己扶著一個不存在的人體慢慢站起，許洛薇也將小臉皺成包子拚命出力。

歷經數十次的失敗後，我終於帶著許洛薇由她先前趴著的地方挪了五步，從她鬆了一口氣開始活動手腳的表情判斷，我應該是成功了。

「天哪！小艾，要不是妳來了，我不知還要被困在這個鬼地方多久？」許洛薇驚魂未定地說。

呃，妳已經是鬼了。

「那個，薇薇，叔叔阿姨不是有請法師來幫妳招魂做法事嗎？妳怎麼沒跟他們一起回去。」我沒有逃避她已經是鬼的事實，反正許洛薇看起來也不恐怖。

她一臉茫然，暫時看不出狂化徵兆。「妳……知道自己已經去世了嗎？」我不放心地確認。

「知道啊！從上面摔下來。有法師來帶我嗎？我沒印象。」許洛薇用力抓頭，可惜沒讓她抓出答案，幸好她也沒抓下頭皮或頭蓋骨讓我看。

經過一番鬼打牆的對話，我總算確認了幾個重點。

許洛薇應該成了所謂的地縛靈，她死掉後馬上陷入沉睡，每次好不容易醒來，立刻又被土地裡的某種力量拉回昏昏沉沉狀態，所以我才會看見她趴在地上，這是她努力想站起來又失敗後呈現的姿勢。

然後，本來就缺乏毅力的玫瑰公主乾脆放棄掙扎直接趴睡，反正她都死了，也不害人，難道還有誰來催她起床？

我眞佩服許洛薇死性不改的怠惰本能。

但是，我最想知道的部分，是她爲何會跳樓輕生，許洛薇卻說她半點都不記得了。

她身上絲毫不見忿恨怨念的氛圍，也許就是忘記了不好的事，才會還是我認識的許洛薇。

「現在該怎麼辦？」我們總不能一起站到天亮。

「可以先帶我回家嗎？」她可憐兮兮地問。

「搭高鐵回去？」扣掉還能撐一個月的最低生活費與不得不繳的健保費後，我全部現金恐怕只夠買一張高鐵票而已。爲了許洛薇，我決定豁出去，希望許爸許媽會給我回程路費。

「不是啦！是說我們住的古堡。」許洛薇將父母送給她的老房子含土地暱稱爲古堡。

「好啊！」我轉身就走，背後又傳來她的叫聲。

「等等啦！那塊地好像又想把我吸回去了。」許洛薇追著我的蛞蝓動作有如手腳各綁了十磅重的啞鈴。

我等了半晌還是只能主動走回去。她好像快要哭了，不是因爲死掉才哭，而是這動作太醜、太麻煩。瞧，我很了解她。

「到底行不行？」

「我也不知道爲什麼。明明有地磚，踩起來卻像爛泥巴，還是一公尺深的泥巴！」

「可能是鬼的物理法則比較不一樣，我還以爲妳會用飄的。」我持平地說。

「可以飄我早就飄了好嗎？」大小姐睡醒後脾氣回來了。

我在心裡掙扎了一會兒，主動提議：「還是，妳要附在我身上？」

「對喔！還有這招。」她恍然大悟。

於是我鼓起勇氣等她動作，只覺得一波波冷意貼著我，身體倒是沒有出現不受控制的現象。

「妳好了沒？」

「還沒。」

「鬼不是都會附身嗎？」

「妳會扶小雞雞尿尿嗎？」許洛薇耐性喪失時會口不擇言，這就是爲何她明明是個個性單純的白富美，卻經常和男友分手。女神崩毀的畫面太美好，令人無法直視。

不過我是女生，沒差。

「我沒有該配備也不想擁有相關經驗，如果是小朋友的，有必要還是會幫忙。」

「這就對了，附身我沒經驗，也不想有呀！妳不覺得上陌生人很噁心嗎？」她振振有詞。

上這個動詞眞是用得絕妙，要不是我們是朋友，外加她已經死了，不要和死人計較太多，我可能會告她性騷擾。

「妳若是不想上，我明天再來看妳。晚了，我還要找工作。」其實因爲生活壓力，我正瀕臨崩潰邊緣，見鬼的衝擊反而讓我喘了口氣。哇！遇到靈異事件～之類。

「別別別，我要！妳再讓我試試，我快揣摩出訣竅了。」她喊道。

我左右腳交換站著任她施爲，我們大概是有史以來最努力融合的人鬼搭檔組合，以下的交流連我自己都聽不下去。

「別想正面上我，妳還沒有那個功力。」

「靠！妳怎麼會那麼難用！」

「……」

到底是許洛薇當鬼的技術太遜還是我陽氣太強？她足足花了半個小時才爬到我背上，感覺像是背包裡裝著一件濕雨衣。

「行了，我要去牽車，別掉下去。」我好像揹著一尊玻璃娃娃。

那一夜，我騎著100C.C.的二手光陽機車，用時速不到十五公里的超慢速搖搖晃晃在鄉間小路上挺進。鄉下地方壞掉的路燈還是沒修好，燈光不斷閃爍，有一段路完全昏暗，後照鏡偶爾會映出一張模糊女人臉孔，姣好五官散發綠光，表情充滿驚恐。

「別……騎慢一點……要掉了！要掉了！啊……嗯……呼～」她的叫聲總讓我覺得怪怪的，還好究竟是沒掉下去，許洛薇安心地嘆息一聲。

現在害怕的人反而換成是我，順向路邊是大排水溝，可能昨天山上下雨，溝水都快湧到和路面齊高，水勢湍急，萬一許洛薇掉進去，我真不知道該怎麼撈她。

趁夜深雨大沒有來車，我冒險逆向行駛，多虧鄉下道路不裝監視器，小路另一邊是水田，應該比較好撿一隻女鬼。

歷經種種考驗，包括我忍不住偷偷小加速，許洛薇嚇得暴怒，一人一鬼停車爭執，許洛薇不慎脫落三次，幸好都是掉在柏油路上，我們終於結束這趟驚濤駭浪的旅程。

我一踏進客廳就將許洛薇甩在沙發上，直奔浴室；她則一副飽受蹂躪的模樣癱軟不動。

凌晨三點，我洗完澡一身乾淨清爽，穿著灰白直條紋睡衣，許洛薇則盯著電視目不轉睛，看似恢復活力，我們一致遺忘回家路上的少許不愉快，都是經驗不足的錯。她窩在我懷裡痛哭死後的行動困難和無聊，我則在眼皮即將黏住的狀態下不斷苦惱如何處理接下來的現實問題。

玫瑰公主用另一種形式回來了，不知是好是壞，但我覺得自己有義務照顧她，一如她還活著時，我當著她家人面承諾過的那樣：

「小艾會照顧薇薇，用柔道保護她不被壞蛋欺負。」

許洛薇跳樓死了，表示這句承諾根本是坨屎。

「小艾，我想住下來。」許洛薇用擔心我會趕她走的眼神偷瞄過來。

「當然，這是妳的房子，不過產權現在又回到妳爸媽那邊去了。」我說。

「妳會搬走嗎？」她小心翼翼地問。

「如果妳不希望我住下來我就搬。」我明明無處可去，但總不能賴著不走吧？

「才不是！我是怕，妳不想和這樣的我待在一起。」

「目前來說還好，如果我會怕，就沒必要那麼辛苦把妳運回來好嗎？」我更怕沒錢沒地方住，也想過自己變成街友後只能找發日薪的臨時工或者供餐宿的作業員工作，我大概會接受現實，直到無法忍耐爲止。目前我只希望情況不會再惡化下去，起碼我還保有一定程度的自由和健康。

「小艾，妳眞好！」她一臉感動。「我想再拜託妳一件事。」

「說吧！」

「幫我泡咖啡，開電腦，讓我試試看用妳的身體能不能喝到我最愛的味道。」

前兩個要求都還好，最後一個像是夾帶在書包裡的炸彈。

「妳可以直接一點，我沒有那麼笨。想要我的身體就直接講！」

她瑟縮，卻又不知在堅持什麼，還是繼續抓著附身話題不放。

「我發誓絕對不是要害妳，再說，用妳的身體又把不到腹肌超讚的帥哥，我活著還有什麼意義？」許洛薇立刻應道。

符合現實邏輯的回答，辯方得一分。

「再者，妳變鬼一定超恐怖，搞不好馬上就把我踢出去，又把身體搶回來，我幹嘛那麼累？」

辯方再得一分。

「那妳想怎樣？」

「就是……妳不用身體的時候——比如說睡覺時——借我用用，範圍限定在這間屋子裡就好，我會給妳報酬，能力範圍以內我什麼都幫妳。」許洛薇熱切提議。

其實，我沒有深思她的要求是陷阱或者眞心的卑微願望，只是單純說到把身體借給她一陣子，我對這件事本身竟沒有任何反感，說不定我只是需要一個藉口逃避苛刻的現實。

「那就這麼做吧！不要犯法或做對健康不好的事情，我有空的時候問一聲，就可以借妳用。」

她的小嘴張得可以塞下一顆蛋。「妳他媽的有點警戒心呀！說不定我就是故意要搶妳的身體！」

「我已經這麼努力活下來了！我高興怎麼做誰都沒資格說我！」我忽然吼出來，嚇傻了許洛薇也嚇傻我自己。

我停了停，放緩語氣說：「反正，我已經窮到要被鬼抓走了，妳冒用我的身分也沒好處！就當我相信妳，妳最好別讓我失望！」

許洛薇聽見這句話時，眼神瞬間變得很怪異，不是心虛也非見獵心喜，若非要形容，很類似一種深深的恐懼，難道她當眞這麼怕我？

不過我剛剛的發言的確很像瘋子就是。

「那我可就當妳答應讓我附身了。」她貌似想掩飾不好意思，故意粗聲粗氣地說。

「我有個問題，妳眞的附得了嗎？」其實她的致命一擊比較像是黏在我身上，還是撥一下就掉的程度。

「現在不行，以後可不一定。」許洛薇站起來推我。「快點！咖啡！電腦！妳先幫我弄好。」

「妳去廚房看看。」我說。

她立刻衝到廚房，速度快了不少，看來自己的家對鬼魂有能力加成效果。

過了十秒許洛薇又跑回來。

「爲什麼還是那包磨掉一半的肯亞AA？妳在我走了以後又去買相同牌子的咖啡豆？」

我挑起眉，許洛薇露出大事不妙的表情。

「該不會我房間櫃子裡那包有機耶加雪菲也沒開封？」

「妳知道我只喝二合一。」許洛薇去世後，這間房子裡能不動的東西我都盡量不動，只使用最低限度的生活機能。

「都過多久了？還能喝嗎？」

「兩年，我想不能了。」我同情地對她說。

「妳既然不忌諱幹嘛浪費？」玫瑰公主打從心底認為我幫她消耗剩下的食物是天經地義的事。

「因為妳沒說我可以喝，那就是妳的財產。」這方面我一向涇渭分明，別人主動送我的東西才收。

「厚！幹嘛這麼計較！妳明天一定要幫我買新鮮豆子！電腦勒？該不會就這樣放著生灰塵？」

「考慮到妳爸媽之後收回房子可能會想要硬碟裡妳的照片，我有定期幫妳開機檢查系統運作。」許洛薇的電腦等級完全可以做動畫和跑3D遊戲，比一個設計系學生配備的還好，雖然她只拿來逛網拍、寫報告、抓美肌帥哥照，還有叫我幫她修自拍圖。

「那就好。快開！我要補充能量！」

「我去睡了，身體給妳自便。」我實在不想偷窺他人隱私，有些可能還是我認識的臉。

「我現在還附不了妳，這個靈體連開機鈕都按不下去啊！」許洛薇悲憤地說。

「我真的很想睡……」媽呀！都凌晨四點了。

雖然失業狀態不用怕上班遲到，但我怕自己一墮落下去就無法回頭，總是自我要求得早睡早起，曬太陽有益身心健康，再說菜圃要拔草，雞也要餵。

「這是特別的一天，慶祝我回來，妳不能睡！」她又任性了。

最後我還是泡了兩杯即溶咖啡，陪許洛薇回味她前男友們的健美腹肌。只見她一會兒湊在杯口聞香，一會兒湊到螢幕前彷彿要吸收精氣，忙得不亦樂乎。

「有味道嗎？爽嗎？」

「沒有味道，不太爽，還是親手摸會動的實物比較好。」她傷心地說。「聊勝於無，我可以看你們的活動錄影嗎？這兩年一定有小鮮肉新生加入柔道社，讓學姊鑑賞一下。」

看她那麼可憐，我還是把紀錄影片找出來了，希望她發現腹肌缺席的事實後不會恨我。要求男生非得具備塊塊分明的腹肌本來就很過分，諧調性和反應能力實用多了。

Chapter 02 / 生死關頭

三個月前，撿回紅衣女鬼翌日，我接到蛋行打電話來的面試通知，投在人力網站上的應徵履歷總算被老闆夫婦的孫女審核過（老人家不會用電腦），找我去面試。那邊只是想找個年輕人幫忙搬重物和出貨，雖然比較希望是男生去應徵，但老闆夫婦看見我只要有工作都好的熱情，當場決定聘用，我的外表很容易讓人產生安全感，新工作就這麼到手了。

想當年，負責招募新社員的柔道社學姊一見到大一菜鳥的我，立刻驚叫一聲：「這樣的漢草不練柔道可惜！」並找來主將學長聯合勸募，務必當場將我收歸旗下。

四年來我雖然沒變成武學奇才大殺四方，倒也不離不棄成了柔道社看家人物，上可當學長和教練的示範靶子，下可接學弟妹的青澀招式，協助一波波後進熬過主將學長的毒手，共享汗水與髒話的青春。

畢業後的兩年間，社團教練還找我去當助教，雖然是義務性質，好處是我不用繳社費也能繼續到柔道社運動。

收入有著落了，我樂得連和許洛薇同居都覺得是件喜事，不過就是隻弱到爆的紅衣女鬼，撇開她只能穿那件血染小洋裝和不能出門，我們在屋裡的時光就和過去一樣，我吃東西、她看電視、聊天。

經過放在玄關的穿衣鏡時，我凝視鏡子裡的自己。黝黑的皮膚，圓圓的臉，眼睛算大，鼻子有點塌，嘴唇厚又翹，小時候長輩常說我這種憨憨的樣子得人疼。半長髮束成巴掌長的馬尾懸在腦後，髮色天生偏紅，聽說我家有原住民血統，只是不知混到哪一族，總之我和爸爸很像，都是矮壯厚實的身板。

這麼說吧！假設我抱著一罈大醬缸走路，沒人擔心我會跌倒。

許洛薇去世後，少了她的餵食，我竟然一口氣瘦了九公斤！可見那些高熱量精緻食物裡藏了多少魔鬼，雖然我甘之如飴，吃到好吃的東西真的感覺很幸福。

然而，我再怎麼減重都和小鳥依人絕緣，只有愈發明顯的肌肉線條換來學弟的崇拜眼神，直呼小艾學姊變猛了。

女性天生體脂肪高，雖然和一般女生相比我的運動量算大，還是沒有腹肌，整個人看起來就是不瘦。我本來就不修邊幅，這樣也好，省了化妝節食的麻煩，比起變漂亮，還是練好柔道身體健康更讓我有成就感。

我馬上就要去蛋行工作了，許洛薇再不願意也只能留下看家，在外面我可沒空照顧她，現在的我根本買不起平價咖啡豆，再這樣下去連沖泡包都沒得喝。

那天下班後，許洛薇要我去打掃她的房間，還特別指定掏乾淨每件衣服褲子口袋和包包內部，又要我去找一個藏在衣櫃最底下的鞋盒。

我在鞋盒裡發現一疊紅包，一半是空紙包，顯然許洛薇已經將部分壓歲錢抽出來使用，但還殘留一些大鈔，另外在包包裡也掏出不少一百元和五百元，口袋和床底下更是掃出一堆零錢。

「妳財神爺啊！」我傻眼了。

「呵呵，人家常刷卡咩，有時候現金亂塞就忘了。」許洛薇抱胸仰天翹著鼻子。

我算了算居然有將近一萬元，真是餓死的駱駝比馬大。

「還有些大學朋友欠我錢沒還，以後再帶妳去討，這些先將就著用，還有衣服包包鞋子書本CD那些網拍能賣就賣，我的課本還很新耶！齁齁齁！都賣掉！」許洛薇發出得意的笑聲，掩飾她已非法定自然人，不能從戶頭提款，只能變著法子湊錢的尷尬。

「這些是遺物！妳有點公德心好不好？」

「那我先捐給妳，當二手愛心，妳再拿去賣就不算遺物了。也不需要留那麼多東西給我爸媽，意思意思就好，現在是我有需要！」許洛薇很認真地強調。

我們也的確沒有耍清高的本錢了，我對她點了點頭。

「買妳需要的東西就好，我找到工作了，開銷會自己負責。這些現金其實也沒多少，我幫妳拿著，要買什麼和我說，盡量省著點用，還不曉得物品掛網路上賣不賣得出去？」

「就和妳說不要那麼閉俗了，現在起我的就是妳的，妳不幫我還有誰能幫我？」她唸我的口氣和兩年前一模一樣。

「妳怎不回去找父母幫忙？他們現在還是很想妳。」我奇問。

許洛薇拚命搖頭：「現在這樣很好，要是爸媽找了法師逼我投胎……不行不行，不管他們信不信，妳千萬不可以給我說漏嘴。」

「投胎不好嗎？」

「萬一變成貴賓狗或黃金鼠怎麼辦？」

「也是。」換成我，要是投胎成人類寵物還不如當自由自在的野鬼。「等等，妳之前不是曾給許叔叔託夢嗎？多虧妳這樣做，一年前我才能免租金水電費住到現在。」

「沒有呀！我一直都被困在妳發現我的那位置，要是懂託夢我早就ＳＯＳ了。」

「難道妳爸爸只是日有所思夜有所夢？」我啞口無言。

「可能唄！」她聳聳肩。

除了想不起死因，許洛薇一切正常，甚至不像個鬼，更接近在家裡玩夜教的女大學生。

她開始每天晚上積極練習附身，如她所說很快取得成績，一個月後，她已經能搭我的順風車去超市。有天我睡醒後發現人在沙發上，前一晚我明明躺在床上入睡。

種種跡象更讓我確定許洛薇有事隱瞞，我得查出她到底想用我的身體做什麼，幸好我手上還握有一張隱藏王牌——有個學弟上學期中才入社，因故沒參加表演活動，也沒錄到他的練習動作。

喀嚓、喀嚓。我舉起許洛薇的數位單眼相機對著裸露上半身秀出完美六塊肌，只穿著道服褲的學弟連拍了二、三十張照片，他很配合地在地墊上擺出各種撩人姿勢。

號稱最受矚目新人的大一學弟，高職時就已經拿到黑帶，又一個主將學長般的殺手級人物，差別是他總是笑嘻嘻的，一點都不魔鬼，只有我知道學弟的目標是在大二當上社長，我和他爽快地達成利益交換。

「小艾學姊看起來好單純，沒想到妳會做這種事。」殺手學弟瞇著桃花眼笑道。

「我有我的苦衷，總之這些照片僅供參考用，保證不會外流。」

「學姊不要客氣，能爲妳服務是我的榮幸，有需要儘管說。」

「我只需要你的肉體，這樣就夠了。」我揚揚下巴要學弟將道服上衣穿回去。特地早了一小時約他到地下室練習場拍照，就是不想被其他人撞見。

「學姊這麼冷酷好man呀！我快迷上妳了。」

「少來，你有男朋友了。」先前我偶然看見學弟在機車上和不知哪個系的男生擁吻，他也看見我，事後我什麼都沒說，他卻主動和我混熟。

殺手學弟想當上柔道社長的理由是，看一群異男發自內心尊敬他、期待被他壓倒疼愛的感覺太好了！

「學姊要是男的，我二話不說追妳！」

「哈哈，不好笑！」但我知道他沒惡意，一個帥氣強悍但和我一樣有著難言之隱的男孩子，我是失敗的社會邊緣人，他是同性戀。

我對殺手學弟的扭曲動機沒意見，只是覺得他若有心扛下柔道社不失爲一件好事，自從主將學長畢業，柔道社連續換了三任社長，社團氣氛每況愈下，到今年都暑假了，居然沒辦任何一場活動，暑訓只剩小貓兩三隻，還是看在我的面子和殺手學弟的魅力才來報到，再不急起直追，新學期社團博覽會眼看就要開天窗。

當社長不用是頂尖高手，困難在於協調教練和社員的練習情況，最好能帶領比賽。現任社長不太做事，讓幾名社員有點不滿，漸漸也不來練習了。

「我會向其他人私下推薦你，現任社長只是以爲沒人要當才留著，大家會加入當然是對社團有愛，能避免尷尬是最好。」已經畢業的我絲毫不想干涉社團經營，這些應該是學生的考驗和權利，但就這樣放任柔道社分崩離析又捨不得。

「謝謝學姊。」殺手學弟對我送來一記飛吻。

「甭謝，期待你拿出積極態度做點成績，大家都好說話，如果能多拉一點新生進來最好，趁我還在，能幫帶多少是多少。」本來是為了許洛薇的請託才加入這個社團，過程也沒多誑熱，就是按表操課參加練習，不知不覺卻變成我唯一有歸屬感的地方，我只想在還能動的時候回饋柔道社。

拿到超鮮美學弟半裸照片，並用繪圖軟體潤色一番，許洛薇肯定會因此失心瘋。我挑出其中最好的一張，拉大腹肌特寫，就靠它來釣迷戀腹肌的女鬼上鉤了。

拿著隨身碟，將一個註明「下任柔道社長」的檔案夾拷貝到許洛薇的電腦桌面，她果然好奇湊過來，我點開第一張圖，她放聲尖叫，還連續叫了一分鐘，在房間裡到處亂跳。

「就一張嗎？還有沒有？快點！」

我點開下一張。

下一秒，她完全枯萎，惡狠狠瞪著我，還眞有幾分厲鬼的樣子。

「我都興奮起來了，妳讓我看天線寶寶？」許洛薇怒吼。

「冷靜點，其實後面還有一套二十五張，各種姿勢角度都有，只要妳回答我的問題，人格保證雙手奉上。」我說。

她不安地瞟著我，依然克制不住狂按我的手指，右掌忽然發麻失去知覺，畫面隨即切換回上一張帥照，此舉不啻又讓她中了一次毒。

「蘇晴艾，沒想到妳貌似忠良，出手居然這麼狠！」

我只是覺得這個做法最省事，保證有效，又不會傷害任何人，我有將殺手學弟的臉好好用馬賽克遮起來了。

許洛薇不停踱步，如我所料，不到五分鐘後她棄甲投降。

「妳想問什麼？」

「妳每天狂上我的樣子分明就是要全盤操控我的身體，我還是第一次看見妳除了玩弄腹肌外這麼有幹勁，如果不是想搶這具身體，妳到底有什麼事瞞著我？爲何不直接叫我幫妳？」我連珠炮質問。

許洛薇想離開房間，卻被學弟的魔力照片定住，動彈不得。

「不說？那我就刪除照片囉？」

「妳以爲這種威脅有用嗎？我又不是小孩子，再說妳一定有備份。」許洛薇嘴上還在逞強。

「沒有備份，只是剩下圖檔都有加密，妳想半夜附身去我的電腦裡找圖還是省省。如果這招派不上用場，我等等就把照片都刪了，這些照片對我又沒用，而且是學弟的隱私。」我老實說。

「怎會沒用！極品啊！不許動我的學弟腹肌！」許洛薇立刻慌了，她知道我向來不打狂語。「我說！告訴妳就是了！」

她恨恨地瞪我一眼。

「妳的時運快結束了，到時候，有個冤親債主會來殺妳，我如果能先卡位，他就沒辦法任意上妳的身害死妳，事情就是這樣，滿意了吧？」

比起發現冤親債主盯上我，我更在意許洛薇話裡的關鍵字。

「我之前的狀態妳說是走運？」高中畢業的暑假，父母忽然迷上賭博欠債臥軌自殺，胼手胝足賺下的兩間房子全被法拍，親戚紛紛斷絕往來，怕被不肯善罷甘休的高利貸追上，我只能在高中班導師幫忙下趕緊拋棄繼承，申請學貸逃到新大學。

「妳遇到我。」許洛薇道。

她的回答正確得令我無話可說。

許洛薇補了一句話：「妳看見我的那天晚上，我知道妳再過三個月就會出大事了。」

□

聽說人身上有三把火，代表所謂的陽氣，這個通俗傳說連不信鬼神的我也聽說過，按照許洛薇的說法，還有一盞燈，叫心燈或魂燈，是精神的根本，總之是保護身體和魂魄不受外力影響的力量。

那盞燈熄滅後，就算頭好壯壯身體健康，所有鬼怪都還是可以上你的身。被作祟久了，自然會生病、精神不正常，甚至因此死掉。

反過來說，也有人老到只剩一把骨頭或病得快駕鶴西歸，但心燈明亮，光是被這種人看一眼都會心神震懾，火把死了就沒了，這盞燈就算當了鬼還是存在。有些人遭遇了可以讓人崩潰十次的慘劇還能保持樂觀堅強，說到底也是心燈不滅。

「妳之前怎麼不馬上說？」我問那個臉貼著螢幕不斷磨蹭的紅衣女鬼。

「先說出來擔心妳不信或想東想西求神問卜，提早把心燈弄滅，結果妨礙到我的計畫，這件事只能靠我，我要是成功就沒啥好怕了。」許洛薇沒好氣地說。

雖說她現在好像也會附身了，動作還是不太俐索，頂多是裝備時間從半小時縮短到十分鐘，我隨便就能甩掉她，她在我清醒時只能影響我身體的一小部分。

倘若連腹肌激發出的潛力都只有這樣，我得想想有什麼方法可以讓她在期限截止前練成自由奪舍。

萬一有道士經過這棟老房子，不知會不會被我們這種變態行徑刺激到吐血？

我大概就是那種不見棺材不掉淚的類型，自從生活一夕破碎，我知道錢很重要，也知道沒錢的後果，所以不會去碰任何花錢卻沒有實際回饋的活動，如求神問卜，也不相信世界上有不勞而獲的好事。

我從許洛薇那邊收到好處，都有付出相對的時間體力，以及讓我願意和一個紅衣女鬼同居還被附身的信任與友情作爲回報。

對於冤親債主，我卻沒有這種認知經驗，在了解實際危害前不想緊張兮兮，但我也沒蠢到都被警告了還不做任何防範。既然許洛薇打包票由她來擋，鬼的麻煩就交給鬼去處理，我還是專心工作，早睡早起養好體力才有本錢讓許洛薇折騰。

「對了，妳還是交代得不夠清楚。」睡覺前我決定一次打敗玫瑰公主，省得她擠牙膏似地選擇性報告。

「哪有！妳答應過要給我學弟的照片！現在！馬上！等等，附身太慢了，妳直接開圖給我看！」她對我伸手做貓拳。

許洛薇的說明看似沒問題，其實漏洞可多了。

眼前正在扭屁股裝可愛的女鬼過往天天賴床，會把交報告和期中考時間記錯，雖然熱愛星座血型占卜，但只挑她和我的星座看，至今還會把牡羊和魔羯搞混，從這女人嘴裡居然冒出「時」、「運」兩個很玄奧的中國字，我實在沒辦法認眞看待。

題外話，她是與潔癖嚴謹無緣的處女座，我是一點都不浪漫更缺乏夢想的雙魚座，認識的人都說我們是破除星座迷信的恐怖樣本。

「妳怎麼知道我只剩三個月這個具體數字？」現在應該是兩個月了，聽起來不長不短。

她開始整理頭髮，欣賞指甲。

「看來妳和學弟無緣，我還把那套照片做成動態桌面呢！就先從妳看到的這張開始刪好了。」我對餓了兩年又一個月的許洛薇聳聳肩。

「我聽學校裡的鬼說的！」她氣惱得哇哇大叫。

「這種事有必要隱瞞嗎？」

「鬼話妳信喔？我是半信半疑啦！估到妳的身體對我沒壞處，姑且就認眞練習了，反正我沒別的事好做，能自由上網也好。」

搞了半天許洛薇也不確定那個索命預言的眞實性，不想把話說太死出糗，除此之外我和她一樣，把身體交給許洛薇防守對我沒損失，原本最壞打算是她想搶我身體，現在反而多了個保鑣，於是我們敲定原案不變，繼續進行附身練習。

「我覺得時運結束那件事可能是真的，妳明明沒陰陽眼卻看到我了。」許洛薇憂心地說。

「但我只看得到妳，而且妳很難附我的身，這不就表示我在活人裡算強的嗎？」雖然很不合理，但我迄今仍沒目擊過許洛薇以外的孤魂野鬼。如今她親口證實，我身邊除了她以外還有其他鬼，而且就在學校裡，只是我看不到，這聽起來就有點令人不太舒服了。

「蠟燭熄滅前火焰會變大，妳就是那樣，而且我看得很清楚。」她凝視我喉嚨高度的位置，隨即瞇眼轉開臉，彷彿被強光刺激。

說起來許洛薇每次附身都會刻意避開我身上某些部位，特別是肩膀、頭部和腹部，一開始才會動不動就掉下去。

「也就是說我現在燒的不是蠟油，而是燭蕊，心燈亮只是迴光返照。等期限一過，我的皮就該繃緊了，隨時會有鬼怪來附身，不然就是魔神仔將我牽去玩？」

「沒錯！目前妳正處於安全狀態，如果我能突破妳的防禦，之後保全系統故障，我也能百分之百抓住這個身體，瞭了吧？無視不該看到的東西就是一種力量，就好像我都看不到自己的成績單！」許洛薇得意洋洋地解釋。

謝謝妳，心靈大師，這個比喻眞是強而有力。每次幫許洛薇拆成績單還有逼她記得參加重補修與加選學分，換成我快得了成績單恐懼症。

我應該要把看見她這件事當成免疫力下降的警訊，許洛薇就是這個意思，順便暗示她也很強，才會在其他鬼魂都被我的厤瓜遮罩過濾掉時，還能在我面前光鮮亮麗地搔首弄姿。

我依舊對她可能是強大失憶厲鬼的事打上許多問號，一張腹肌照片就能困住的大厲鬼？一想到我拿著健美男體照片去和道士搶生意就想狂笑。

我將隨身碟裡另一份資料夾解密，走去浴室刷牙漱口。

「妳要去哪裡？」許洛薇揚聲問。

「等我睡著妳自己開，我們要把握時間訓練不是嗎？」

「沒那麼快！我附妳身上成功控制的最高紀錄是兩小時零六分啊！」

聽起來是個滿逗趣的數字，我如果是厲鬼應該會想哭。

電影裡瞬間附身那種看看就好，實際上人體非常強大，「活著」就是我們最大的特權，身體健康有練武的人更難纏。

本人都不見得能對身體操控自如了，何況是別人的身體？想想用腳趾梳頭髮的感覺，會走路都算厲害了。被徹底附身的人經常瘋瘋傻傻，其實是瘋癲動作比較不複雜，還能行動的例子都只能說是半附身，意志夠堅定理論上是可以掙脫的。實際操作的許洛薇對我這麼說。

「這就是爲什麼附身都要偷偷來或是先嚇得獵物半死不活、摧毀獵物的反抗意識，要是活人掙扎就麻煩了。就跟催眠一樣，妳雖然答應讓我附身，但因爲妳提前知道我要入侵妳，身心下意識就會抵抗，我也不容易好嗎？」

「這麼說，妳對我附身的同時，我也在訓練自己不被附身的抵抗能力囉？」我倒是沒想到還有這方面的收穫，而且是睡覺中自動學習，這樣還不賴。

就像柔道一樣，摔人與被摔其實都是爲了讓自己變強。

「妳現在才明白我用心良苦！看我對妳夠好了吧？」許洛薇扠腰道。

一般情況下，惡鬼都得先跟著目標一段時間再趁虛而入，才能成功發揮影響力。

「感恩啦！總之，薇薇，妳進步空間還很大。加油。」

我在許洛薇的漫天咒罵中進房，檢查鬧鐘，躺平拉好涼被蓋住肚子開始數羊。大概是許洛薇的附身工程影響，我終於不用每晚數將近一萬隻羊才能睡著了。

在那之後的兩個月，我繼續認眞做著蛋行工作，直到無預警被辭退爲止。又要回到先前朝不保夕的日子，這段期間強裝出來的開朗一下子被擊潰了，離開蛋行後我已疲累不堪。

我過度高估自己的體力，雖不知附身會對健康帶來何種負擔，總歸不會毫無影響，待業時睡眠不足還是能另找時間補眠，有工作後時間一到就得起床，我已習慣馬上進入備戰狀態，一鬆懈後隱隱覺得渾身都不舒服。

其實許洛薇也和我差不多，我白天去工作，她不是在睡覺就是看電視發呆放空，每晚附身練習讓她精疲力竭。

我乾咳了幾聲，喉嚨有些燥，推估這兩天就會演變成感冒症狀。我將老闆給的蛋掛在機車前方吊鉤上，拿出手機查備忘錄，其實不用特意確認，我也知道那個日子來了。

明天就是許洛薇預言的災難日，我表面上不在乎，心裡還是頗爲介意。

看來時運到期這樁預言挺準確，我不就趕在今天失業了嗎？

乾脆柔道社那裡也暫時休息好了，我本來就不打算參加社團招生表演，正好把帶起社員士氣的任務讓給殺手學弟，趁這個機會我容許自己奢侈點，結夏安居一陣子看看情況。

所幸許洛薇趕在期限前練好附身能力了，根據她的說法，只要全力以赴，估計可以在我清醒時直接入侵，控制我的身體十分鐘左右。但我沒有任何記憶中斷的印象，不知她這個閾値哪來的？

當然，明天心燈一滅，她應該能奪取我的身體超過十分鐘了。我也不知道這在鬼魂裡算強還是弱，於是問她有無試著附別人的身？這是個不太道德的問題，但我認爲有可能發生。許洛薇回答我沒有，理由還是那句老話，上陌生人的身很噁心。

照舊，我無法核實她的答案眞假，選擇姑且相信。

我騎機車順著田間小路返程，此時傍晚五點半，天色還很亮，九月酷暑陽氣連許洛薇都扛不住，更別說其他孤魂野鬼，只要天黑前踏進大門都很安全，這個季節得到六點半夜幕才會完全籠罩。

溫暖的夕陽照在身上，像是鼓勵著我，狀況不佳的我放慢車速，時速不超過三十，現在我的任務就是平安回家。

又不是明天就會流落街頭，再者許洛薇也說要分擔同居開銷，一個鬼都這麼有幹勁了，我豈能輸給她？這樣想過後情緒振奮了不少。

一隻花貓冷不防從田邊讓農機出入的水泥橋方向竄出來，朝我的前輪直衝，我嚇得將煞車扣到底，輪胎發出刺耳摩擦聲。只見車尾一甩，整個人連同機車的重量往旁邊傾倒。

常常聽見柔道受身在車禍被撞飛時保住當事者一命的奇蹟傳說，但我因爲車速過慢反而沒能使出受身，而是滑出兩公尺後重心不穩被車子壓住腿趴倒在地。

倒地時頭側撞上柏油路，雖然有戴全罩式安全帽，我還是一陣暈眩，瞬間失去思考能力。

手肘狠狠磕了一下，全身不聽使喚，我憑本能判斷沒有骨折，但身上好幾處火辣辣地疼，只能繼續倒著不動，靜待身體適應衝擊。

那隻貓朝我走來，太陽明明還沒下山，牠的瞳孔卻完全打開，像兩個深不見底的黑洞，透著一股動物不該有的鬼祟氣息。

野貓用乾燥鼻頭頂了頂我的臉，我非但沒恢復力氣，反而越來越暈。

忽然想到某個遺漏細節，許洛薇和我重逢時是晚上十點，我們掙扎到家時是凌晨兩點，已經跨過一日，萬一她少算一天……

沒有萬一，這個天兵同居女鬼鐵定算錯日期！今天就是心燈熄滅之日，這時的我毫無防備。

算了，只能說命中註定，哪怕沒有許洛薇，我也會遇到這次劫難，怪罪她的糊塗就太沒意思了。或許該感謝她，讓我在死前還和老朋友過了一段熱鬧生活。

一股混著血腥味的污泥惡臭竄進鼻中，我徹底失去意識。

不知經過多久，我好像醒了，掛在一個搖搖晃晃的大袋子裡，雙腳懸空，虛浮不定的感覺讓人既心慌又寂寞，不知身在何方，彷彿過去的一切都是夢。

小時候愛畫畫的自己每次從才藝班回來都要拿著畫紙向爸媽獻寶。

高中補習回來後飯桌上總是有份我的飯菜，只要說一聲，平常捨不得花錢外食的父母會給零用錢讓我買愛吃的零食。曾幾何時他們不給我零用錢了，每次接到陌生叔叔阿姨的電話就迫不及待雙載騎著機車去賭博，我把電話藏起來也沒用。

去太平間辨認父母被火車撞得四分五裂的屍體。

去太平間辨認面目全非的許洛薇。

許家父母趕到之前，只有我和屍袋裡的她靜靜待在一起，我喉嚨裡塞著石頭，再怎麼用力就是哭不出來。

反正只剩我一個人了，爲什麼不快點去死？死了還可以和爸媽團聚，去死吧去死吧去死吧去死吧跳下去跳下去跳下去跳下去……

好像有人在下面叫我的名字，蘇晴艾、蘇晴艾，一聲聲響個不停，原來我在上面嗎？

我到底在哪兒的上面？眼前一片模糊，彷彿剛睡醒張不開眼睛似的，視野只剩下一條線。低頭望去，腳尖前面什麼也沒有。

我站在頂樓邊緣，四周充滿噬人的漆黑。

有道聲音叫我往下跳，聽起來好像是我自己的聲音。

身體裡潛藏著一股陰冷邪惡的力量，我幾乎聞到呼吸時從體內冒出的臭味，像是混合了壞雞蛋、泥巴和爛魚腥味的腐敗氣息。

眞正的「我」動彈不得、掛在體內深處，宛若斷線木偶，只剩下少數幾根線讓我能微微轉動頭，讓眼睛睜開一小條縫。

那股力量正在舉起我的右膝，此舉牽動摔車時的擦傷，一陣鑽心刺痛襲來，本來沒有感覺的我下意識抽搐一下，那隻腳於是又放了回去。

疼痛將籠罩我的麻木迷霧撩出一道缺口，黑暗忽然變淡了，底下空間出現點點暈黃的亮光，是室外步道路燈的光源，旁邊還能看見中文系庭院花圃，好熟悉的畫面，我就是在這個地方和死後的許洛薇相遇。

原來我正站在她輕生的中文系系館頂樓，一樣的角度，一樣的位置，只差往前一步就會遭遇和許洛薇一樣的命運。

「蘇晴艾——不許跳！聽到沒有！快點醒過來！」

許洛薇站在我正下方的地面，泥足深陷、動彈不得，我們之間隔著六層樓的高度落差。

我還是無法取回身體控制權，但理智正慢慢回流。

有個冤親債主想害死我，被附身不只是神經傳達出問題，顯然還影響我的腦功能，我現在處於類似認知障礙的狀態，沒辦法正常反應甚至戰鬥；許洛薇被困在她跳樓自殺的位置，非常聰明又陰險的做法，選擇在這棟樓殺我，許洛薇只要企圖接近救我，就會被土地的神祕力量束縛，而那隻惡鬼只要成功讓我跳樓，這個高度必死無疑。

我該怎麼辦？

「小艾！妳這頭豬！被我附身的時候就很會反抗！現在居然這麼沒用！」

就算心燈滅了、時運用完了，被冤親債主附身又怎麼，他媽的我是活人就是比鬼強，專心抵抗就對了，再說我還是被許洛薇這個紅衣厲鬼特訓過的活人！這是許洛薇灌輸給我的觀念。

但她沒告訴我，被徹底附身時就像植物人，對自己的身體愛莫能助。抵抗？到底要怎麼抵抗？

身體裡的鬼發出得意的嬉笑聲，不知為何，我對那股藏在腐臭裡的惡意有種既陌生又熟悉的感覺，彷彿從前就和這隻鬼打過交道？

「喵——」隨著一聲綿軟貓叫，彎鉤狀的貓爪刺進我的大腿，更過分的是，那隻小動物將重量全掛在我身上。

見過登山客拿冰斧往山壁裡釘住再往上爬的畫面沒？就是那種感覺，除了痛以外還很詭異。

被野生生物攀爬的戰慄感使我的身體反射性抖了抖，能動了！

我試著回想這輩子見過最恐怖的存在。

——主將學長的大外刈！

身體放鬆，吸氣，憋住，想像被主將學長抓住往地上摔，我順著熟悉的記憶往後倒，背部紮紮實實撞上頂樓水泥地。

我用力吐出那口氣，同時雙手往地上拍擊，胸口彷彿有什麼東西被我撞鬆了。

手腳不受控制劇烈扭動，這隻惡鬼打算再度控制我，五臟六腑同時翻絞，被附身居然會這麼痛苦！

不要！我才不想死！至少不是這種死法，要死我還寧願把身體讓給許洛薇再瀟灑離開！

儘管我拚命抵抗了，身體還是不由自主爬向矮牆，冤親債主硬是逼我爬過去翻牆摔死。

上半身已經探出牆外，臉被惡意朝向地面，這個姿勢卻讓我看見許洛薇趴在牆壁上，十指正死命摳牆想將自己拉出陳屍地點。

「薇薇……救命……」我哭了，語焉不詳向她求救。

淚水無巧不巧滴到許洛薇臉上，紅衣女鬼表情一瞬空白，下一秒，漂亮的大眼睛被黑洞取代，嘴角咧到耳後，使她的臉有如被撕成兩半，雪白整齊的牙齒變得參差銳利，嘴裡湧出墨黑死氣。

原來她眞的是個厲鬼。我淚眼矇矓想著。

許洛薇朝天空發出一聲淒厲尖叫，四肢並用貼著外牆爬上來，同時不斷變形，脊椎拉長柔軟，身型看起來宛若貓科動物，手腳也跟著變長，指甲像鐮刀一樣又長又利。

她像一隻鮮紅色異形快速逼近，冤親債主嚇壞了，我甚至能感覺到恐懼在身體裡蔓延，那隻惡鬼不再將我往外壓，而是控制我的身體連滾帶爬後退。

那一瞬冤親債主對我的控制放鬆了，但我沒有逃跑，我怕的不是許洛薇，而是被這個來路不明的變態用卑鄙的方式殺死。

此外，我現在異常地憤怒，冤親債主還在身體裡，這種被嚴重侵犯的感覺讓我想要以暴制暴。

我說過，不是別人主動給的，我絕不會討。反過來說，不是我想給的，別人也休想搶。

我擁有的財產已經不多，每一樣都很重要，最珍貴的就是我的身體，裡面有我的健康、自由、力量，還有一些回憶。現在有個跟蹤狂，直接闖進我唯一僅有的避難小屋踐踏，還想破壞一切，覺得我蘇晴艾會乖乖吞下去就太天眞了。

許洛薇飛快爬上頂樓，猛然一躍壓在我上方，現在我想跑也跑不掉了。

「我們是朋友吧？薇薇？」我對著那張像是蜘蛛與骷髏混合的臉說。

她的反應有點遲鈍，好像不太記得我是誰。

「等我把冤親債主趕出來，妳就給我好好教訓他，再給我抓好他，我要讓他明白惹到我的後果。」

只靠意志力驅除附身惡鬼好像不太夠，不過，人體有些排外本能是我這種普通人也能明白的現象。摔車造成的傷口，還有那隻花貓爬到我身上的爪刺讓我發現，疼痛時身體緊張收縮，冤親債主的附身控制就會不穩。

我將手指伸入喉嚨。

於是我蜷曲著身子開始劇烈顫抖嘔吐，將消化中的午餐全吐了出來，最後一口嘔吐物中混著不屬於食物和消化液的腐臭。

「呸。」我對那灘嘔吐物啐了一口口水，順便清掉嘴裡殘餘的酸臭液體。「有種再來啊！廢物。」

嘔吐物上方浮現一道老人形影，其實他是男女老幼都無所謂，有問題的是那個老人臉上空洞扭曲的笑臉，瘋狂的恨意彷彿蛆群爬滿那隻惡鬼全身，有些虛幻的邪蛆甚至掉到地上朝我爬動，想要伺機鑽進身體，腐蝕我的意志。

在我吐個不停的同時，許洛薇也漸漸恢復平常乾淨姣好的樣貌，唯獨雙手還保持著鬼爪，她擔心地看著我，可能是被我激進的行動嚇到了。

「還不快幹掉他！」我對許洛薇叫道。對敵人仁慈就是對自己殘忍，獅子搏兔必盡全力；只要習慣和獅子當對手，就算是兔子也會變怪獸！這些都是主將學長的戰鬥宗旨。

許洛薇衝向那隻老鬼，在我的冤親債主面前立定，端詳了老鬼的模樣低語：「果然是你。」

她冷酷揮出一爪，將老鬼從臉到肚腹撕開五道深深的爪痕，若是方才的赤紅異形動手，恐怕老鬼還會變成五片。

冤親債主倒地呻吟，我跟著走到老鬼旁邊，一腳踩下他的頭，還連踩好幾腳。

可能是冤親債主剛剛還附在我身體裡，我與老鬼之間某種聯繫未斷，這隻惡鬼的臉居然被我踩成一團黏土。

被許洛薇告知有冤親債主找上我後，我去google普及了關於冤親債主的常識，其實我越看越有氣，憑什麼祖先拉屎要我幫擦屁股？前世造孽的說法要怎麼驗證？如果六年前沒有拋棄繼承，搞不好我現在也是某人的冤親債主了。

如果對方先和我理性溝通，我還願意在能力範圍內做點道義彌補，這隻老鬼趁我病要我命，一來就是高效率的謀殺，跟瘋子殺人魔談和解？抱歉，我沒傻得那麼可愛。

我還想要再踩一下，老鬼忽然發出一陣噁心尖笑聲，有如在說他不會善罷干休，隨即化爲黑霧消失。

「薇薇！他跑了。」我期待許洛薇會做些追擊動作，但她站在原地瞪著沾上發霉綠汁的手。

「我又不會飛，那隻鬼很老了，比手段妳贏不了，不過我已經重創他，短時間內他不敢再來。先帶我去找水龍頭，我的手上都是黏液，噁心死了！」許洛薇叫道。

「可惡！既然如此，妳剛剛怎麼不把他抓碎一點，爭取更多時間？」

「抓一次大便和抓一百次不一樣好嗎？那玩意非常噁心，大便還比他乾淨！在鬼魂世界裡，瘋狂是會感染的，我不快點把這些腐敗洗掉，有可能會被同化。」許洛薇也有點緊張。

「怎不早說！」我剛要邁步，腰部一陣劇痛，加上手腳擦傷一次發作，眞是酷刑。

「妳怎麼全身是傷？」許洛薇問。

「回家的時候路上有隻貓忽然衝出來，我差點輾到牠，閃貓的時候雷殘了。那隻貓感覺很古怪，而且我摔車後馬上就被附身了，當時天還沒黑。」

我看著許洛薇，她的表情顯然和我想到同一件事。

「冤親債主附在野貓身上！」我和她異口同聲說。

「等等，這樣鬼魂就可以在白天活動嗎？」如果是，許洛薇就是忽略了一個超大BUG沒說！

「只是跟著附身對象，不要被日光直曬的話應該可以，加上貓是很陰的動物，當時是傍晚，附近有水，妳又是個衰人。否則白天就算鬼魂能附身，也沒有足夠的力氣操控活人。哎唷！我又沒附過別人！一時沒想到，又不是故意瞞著妳！」許洛薇也不是民俗專家，只能用她的親身體驗和直覺勉強解釋。

「剛剛那隻花貓又出現了！」我想起就是同一隻貓跳到我身上，爪子真是有夠利，抓得我痛得要命，拜此之賜我才找回自主意識，進而抵抗冤親債主的操控，牠可說是害我在先又救了我。

我四下搜索，沒看見花貓蹤跡，腳邊忽然傳來毛茸茸觸感，花貓正熱情地磨蹭我的腳。

「牠該不會從我摔車地點跟來學校吧？」

「好像是，附在牠身上的老鬼已經轉移到妳身上了，這隻貓怎麼還會跟著妳？」許洛薇也好奇起來。

我思考後恍然大悟，伸手在薄外套的內袋掏了掏，拿出半片沒吃完的肉乾，今天蛋行老闆娘給的點心。

「先帶我去洗手！」許洛薇看出我蠢蠢欲動的餵貓之心，先下手為強道。

「這隻貓怎麼辦？」

「妳把肉乾丟給牠。」

「不行，這麼大片牠咬不開怎麼辦？」

「去洗手台那邊再餵牠，牠想吃就自己跟上來。」許洛薇看著花貓說。

「好吧！」我挪著步子在許洛薇陪伴下下樓，順便帶上頂樓鐵門，這才發現門邊還有一把油壓剪和被剪斷的鎖頭。

我忍不住罵了髒話。

Chapter 03 / 學長好久不見

「我就覺得奇怪，校方本來就會將頂樓上鎖，我怎麼能夠走上來？」我蹲在靠牆放著的油壓剪前自言自語。

本校跳樓的學生大多是從窗戶陽台或鐘樓跳，還有一個是從男宿頂樓曬衣場翻過鐵絲網。總而言之，頂樓上鎖只是安撫大眾輿論的做法，實際上哪兒都能跳，根據柔道社學弟們的說法，這種爛鎖馬上就會被想去頂樓抽菸喝酒的人撬開。

許洛薇在頂樓自殺的不良紀錄想必讓校方更緊張了，至少這次頂樓的樓梯間有好好鎖住。

「上面搞不好有妳的指紋喔！」最近白天很閒，看了不少刑事鑑識劇的許洛薇說。

我趕緊蹲下來用袖口擦拭油壓剪的握柄湮滅證據，以免事後被當成小偷。這個冤親債主爲了將我弄到許洛薇的自殺位置，簡直計算周密、下足血本。

找到洗手台時，這才意識到整棟樓黑漆漆又靜悄悄，只剩下我一個人。

許洛薇和小花貓當然不算在內。

我轉開水龍頭讓許洛薇洗手，然後將肉乾撕碎給小花貓吃，不安地問：「幾點了，你們系館怎麼都沒人？」

「鐵定超過晚上十點，整棟樓不開放，樓梯和電梯都上鎖了。」對自家系館當然很熟的許洛薇說。「天！這噁心的玩意沖不掉。」

「沒辦法，妳現在又沒有實體，沖久一點看看，水能淨化邪氣是妳說的。還有，系館關閉我要怎麼出去？」

「教授和研究生有時候會在系館過夜，有學生證就可以用電梯出入。不然找警衛救妳？」許洛薇提議。

「這樣要解釋很麻煩，萬一冤親債主是附我的身去弄到那把油壓剪，工友還記得我的臉又通知警衛，我不就自投羅網了？」我現在是混在學生裡厚著臉皮免費使用母校資源的畢業校友，名聲還是要顧好。

「難道妳要躲到明天早上？都受傷流血了耶！」許洛薇看著我血痕斑斑的小腿，手肘和膝蓋更是一片血肉模糊。

「還好，血都凝固了，不是很痛。」我只知道清理傷口時會很慘，乾脆消極逃避現實。

「不行，妳一定要去看急診。」許洛薇堅持。

我只想回家跳過洗澡倒在沙發上悶頭大睡。

「對了，我的機車咧？從學校到醫院騎車也要二十分鐘。我好像是走路來這裡的。從我失去意識到站在頂樓邊居然過了這麼久？」我摸摸痠痛的小腿，腫脹腳掌也像走了一段路。仔細回想，似乎有過朦朧印象是我走路想去求救，大概那時我還沒被徹底附身，冤親債主把神智不清的我哄誘到學校，當然只能靠步行了。

「那老鬼也得花些時間完全控制妳，還得等到系館人走光才方便動手，中間可能躲起來了。」許洛薇分析道。

「我的機車不就還倒在田間小路上？」那是我省吃儉用才買下的二手代步工具，我立刻慌了，明知不可能，還是希望從口袋裡掏出機車鑰匙，結果鑰匙當然沒掏到，卻掏出一張陌生的學生證。

「靠！殺個人還布置得和推理劇場一樣？」不過這下子我能用電梯離開了。

「厲鬼都是很執著的，再說隨便動手也怕妳途中醒來或碰巧被人救了。」許洛薇說。

「對啊！幸好有妳，妳怎麼知道我在這間系館。」我按了電梯下樓，然後將學生證丟在電梯裡，祈禱原主會以爲自己不小心掉了卡片去系辦認領。

「我在家裡感應到妳有危險，卻不知道妳在哪裡，順著妳的回家路線找，發現機車和血跡，然後就看到那隻花貓往學校的方向走，身上又有妳的味道……小花根本就是住學校附近的流浪貓吧？」許洛薇指著快把肉乾吃完還欲罷不能的野貓道。

「有可能，不過妳也算誤打誤撞找到我啦！可以把牠帶回家照顧嗎？這隻貓也算幫了我們。」

「喂，牠被妳的冤親債主附身耶！妳想再來一次？」她用視線刺我。

「不是啦！只是牠餓成這樣好可憐，最近不是有颱風要來嗎？再說，真的要防小動物防不完，那隻老鬼也可能附在我們家的雞或透過蟑螂混進來，反而是貓咪有沒有被附身我們比較看得出來。」我說。

「妳這樣講也有道理，而且是中度颱風耶！一定是暑假動保社的人都回家了，這隻浪浪才會餓成這樣又愛跟人。」許洛薇果然動搖了。

我一點都不意外，許洛薇生前參加過的社團之一就包括了動保社，就連家裡那些雞都是有次她和朋友經過流動夜市，有人在賣彩色小雞，她就整箱抱回來，好在老房子空間夠大。

於是我蹲下來對還很餓的花貓說：「願意跟姊姊們回家就有東西吃，如果不要就當我們沒緣分吧！」

花貓又喵了一聲來蹭我的腳，大概是我身上還殘留肉乾的味道。

「小艾，頂多照顧到颱風過去喔！還有只能買超市最便宜的飼料，妳連自己都養不起了。」許洛薇孜孜不倦地叮嚀，我卻從她眼中看到對花貓的喜愛，貓咪、兔子這種萌物在許洛薇心目中僅次於腹肌，地位著實不低。

「我知道，只是客串一下中途。」我打定主意，趁著這段休息養傷的時間，也幫花貓找個認養人，就當是報恩。

我和許洛薇鬼鬼祟祟溜出學校，她一直欲言又止。

「妳怎麼了？」欲蓋彌彰的不自在橫亙在我與她中間，於是我主動問。

「我剛剛是不是變成怪物了？很恐怖對不對？」許洛薇小聲說。

我點頭，「妳知道自己會變成那樣嗎？」

「好像吧？」

「『好像』是什麼意思？」

「就是我在系館下面昏睡時，偶爾會感覺有髒東西靠近想非禮我，我腦袋不是很清楚，只是很生氣站起來亂撕亂咬，然後累了又睡著，那時好像也會變身。」

「妳該不會已經幹掉好幾隻惡鬼了？」我總覺得許洛薇對鬼汁的嫌惡已經很有經驗。

「沒……沒有啦……」

「不只？」我太了解這女人了。

「三十隻左右？」許洛薇不太確定地說。

「妳殺那麼多要幹嘛？」我也囧了。

「是他們先來惹我，我只是想睡覺啊！」許洛薇一臉冤枉。

「結果妳對那隻老鬼那麼客氣？」

「鬼又殺不死，只是會變成很噁心的碎塊黏上來，要不是那些肉塊沒辦法進到我摔死的那一小塊地，我眞的會瘋掉。把一隻鬼完全打爛最少也要一個月才會消失不見，還不如殺到對方會怕的程度就好。」許洛薇表示她會睡覺的一大原因就是想眼不見爲淨。「我有預感，如果把那隻老鬼撕碎，他就不是附身在妳身上這麼簡單了，搞不好會換成『寄生』，不是寄生我就是寄生妳。」

「那還是算了，趁這段時間我們再想想其他辦法。」

「小艾，我變身的時候臉還好嗎？」許洛薇會這麼問就是心裡有數了。

「不太好，嘴巴咧到耳朵這裡，」我比了個《蝙蝠俠》裡小丑的撕裂笑容，又翹起小指：「牙齒有這麼長。」

許洛薇嫌惡地叫了一聲，她最愛美了。

末了她怯怯地看著我：「妳眞的不怕嗎？」

「也不是說完全不怕，就一點點。」

「一點點？別唬爛哦！」

「因爲我比較怕另一種東西。」

「什麼？」她好奇地追問。

「電話。」

「啥？妳開我玩笑嗎？」

「沒有，我真的很怕電話聲響起，後來很勉強才改過來。以前我爸媽一聽到電話的聲音，就會用正常又開心的表情告訴我，他們有事要出去，這次一定會賺大錢，然後去違法小賭場把我們家的生活費和房子都輸掉。出事那天也是這樣，我接到一通電話，他們打來道歉，說有件寶物他們輸不起，永遠不賭了，要我好好活下去，然後再也沒有回來。」

「小艾……」許洛薇難過地看著我。

「這輩子我最討厭的事就是自殺，就算再怎麼不想活，我也絕不會自殺。那隻老鬼有本事就找人來殺我，萬一我死了就要他好看。」我撂狠話的時候花貓喵了一聲。

我沒說許洛薇也是自殺，她則故意避而不談。

「小說漫畫都有二段變身啦戰鬥型態之類，既然妳是厲鬼，這樣才有厲鬼的樣子，反正能打比較重要。」我是虔誠的實戰派，精緻彩妝和美甲是能吃嗎？

「我又不是漫畫人物！」許洛薇哼了一聲。

暫且是解決掉我們對厲鬼真實模樣的芥蒂了，感覺上換成她在對我生氣。

「還有問題嗎？」其實我們現在都還很激動，一心想先離開剛剛那個可怕的現場，我不希望起內鬨。

「我看到妳被帶到頂樓，那時候我差一點轉身離開。」許洛薇說出了令人吃驚的話。

「為什麼？」

「我氣自己沒攔住那隻冤親債主。還有我都警告過妳了，妳怎麼沒有更小心防備，白天找個人陪在身邊也好。」

「妳記錯時間。」我冷血地指出眞相，這個失誤眞的不能當沒看見。

「我知道！所以我恨哪！」許洛薇惱羞成怒叫道。「只要一靠近系館就會被那塊死地吸進去，很可能動彈不得，只能眼睜睜看著妳摔死在我旁邊！一想到我就好怕，乾脆走掉算了！」

「可是妳沒走。」

「我難道能拋下妳這個北七嗎？說好我會保護妳！」許洛薇畢竟還是從那處死地泥淖裡爬出來了。

「那妳現在還會被那塊地影響嗎？」

「好像不會了。」許洛薇恍然大悟，靈巧地踢了踢雙腳。

我鬆了口氣，又隱隱覺得不太對，或許那塊強制許洛薇沉睡不能離開的土地是許洛薇仍能保持正常人形的關鍵，但我還是希望她能夠像活著一樣，跟著我一起行動說話。

就算她另一個面貌是厲鬼，也是保護我的厲鬼，再說我無牽無掛，懶得在乎其他正常人的想法，至少目前我是開心的。

自從許洛薇死後，一個人窩囊地躲在那間老房子的我從來沒有這麼開心過。

「薇薇，妳是唯一一個會陪在我身邊的人。」

「幹嘛？忽然這麼肉麻……」她緊張得哈了一聲氣。

我只是單純陳述自己朋友很少的事實。

「講錯了。」

「嗄？」

「是唯一一個會陪我的鬼才對。」

「靠！妳欠揍喔！」

「我只是覺得這樣也沒什麼不好。」我繼續拖著腳往前走。

「等一下，妳故意要轉移我的注意力是不是？」許洛薇柳眉倒豎，看似又要變臉。

糟糕，被發現了。其實我被機車壓到的那條腿越來越痛，腰部也快變成餅乾碎片，腳踝扭到後腫成原來的兩倍大。反正都要一次醫好，我寧願再撐一下，之後有的是時間休養。

姊姊是不得已的，好孩子不要學。

撐過就是你的了。我在腦海中自動將主將學長這句勉勵轉換成——撐過這一段就可以省略很多麻煩了！喔耶！這點傷死不了人，天亮前回到家，睡一覺後再去看醫生，就不用和人解釋摔車後我怎會和機車離這麼遠，爲何不立刻求救還在學校附近徘徊？

想到這裡我就很感謝主將學長，雖然他都畢業四年了，迄今還是我遇到困境時的精神支柱，也是許洛薇覬覦了四年還是吃不到的大魚。

「我計算過了，雷殘的時候速度幾乎停下來了，車子應該沒壞，我的體力還夠走到摔車地點再把車騎回家。」我興致勃勃地說。

「傷口怎麼辦？」她嚷嚷。

「我聽學弟妹他們講過很多出車禍的經驗，應該是肌肉拉傷和骨盆挫傷之類，去看醫生也是叫我多休息吃止痛藥就會好啦！不過我明天還是會去醫院檢查。」

許洛薇冷冷地看著我。

「笨蛋——」她冷不防用力朝我撞過來，於是我又失去意識了。

陷入黑甜鄉前，我似乎聽見她的聲音。

「妳才是唯一一個會陪我的人……」

翌日，我足足睡到下午兩點半才醒來，發現已經洗完澡換過衣服，傷口也處理好了，肚子上蓋著涼被，四平八穩躺在床上，一隻貓掌正在拍打我的臉，客廳裡傳來電視的聲音。

我想坐起來，腰部和身上其他傷口立刻傳來銷魂的刺痛，頓時軟回床上。花貓跳下床鋪，蹲在地板上，尾巴不屑地甩來甩去催促我。

過了一會兒，我終於能爬起來刷牙洗臉，用著九十歲老婆婆的姿勢下樓。花貓跟在腳邊，直到快走完樓梯，才一溜煙超過我，站在沙發旁已經吃完還舔得一乾二淨的碗旁，碗邊放著一個空罐頭。

「不是說只能餵最便宜的飼料嗎？」

許洛薇死盯著螢幕裡正甩男主角巴掌的女主角。「見面禮嘛！我許洛薇是那麼窮酸的人嗎？」

我一屁股坐在許洛薇旁邊，反而是她好像被嚇到似地往旁邊挪了挪。

「我也來看電視好了，可是肚子好餓。」

「去泡麵啦！順便幫我磨一杯咖啡。還有，乾乾在廚房下面的櫃子，我沒手妳去倒一碗給貓吃。」許洛薇嫻熟地使喚我。

許洛薇還沒發現她現在只要提到和貓有關的發言就自動出現疊字詞，這是身為潛在喵星人奴隸的悲哀。

「看醫生花了多少？」

「有健保卡，急診才花五百多而已。照過X光沒骨折，醫生洗乾淨傷口塗完藥，就把我們丟出來了，建議我們這兩天再去復健科掛號，治療像妳講的骨盆挫傷扭傷那些。」玫瑰公主難得像個普通人正經地報告消費結果。

「只好破財消災了。」對現在的我來說，連十塊錢都很大，畢竟沒有現金收入。

「貓咪要叫什麼名字？」

許洛薇居然會客氣地讓我取貓名？天要下紅雨了。

「留給眞正要收養牠的人取好了，這樣可能會比較有人想養。」我現實地回答。

「我想也是，不過住這邊的時候隨便稱呼一個綽號不爲過吧？」許洛薇看著始終無視她的花貓說。

薇薇，取了名字不就更捨不得送走了嗎？這句話我沒說出來。除了那次的彩色小雞在我們家定居後，她沒敢再帶回其他寵物，畢竟小雞再可愛都會拉屎，而且長大後還會變兇，亂跑不知鑽進哪處縫隙或被野狗叼走時，許洛薇看著我心焦到處翻找；最可怕的是，那些原本被當作玩具的彩色小雞有的在市場上就已經染病虛弱，後來還是死了一半，許洛薇當時哭得一塌糊塗。

社團就是有這個好處，一群比較專業的學生對許洛薇灌輸不能因爲可愛就亂養小動物的觀念，加上小雞死掉的陰影，她還眞的忍住沒帶任何貓狗回來，不過倒是常跑到別人家玩貓。

「那就暫時叫小花好了。」

我倒了一碗飼料給小花，牠立刻狼吞虎嚥，然後用許洛薇最喜歡的描金花瓣形咖啡杯裝了半杯剛磨好的咖啡粉，墊上纖薄成套的骨瓷托盤，彷彿那是杯冒煙的熱咖啡，儼然專業管家般放到大小姐面前。

她會不辭勞苦替我善後，說眞的很讓人意外，我決定給她一點獎勵。

「薇薇，妳知道有部日劇裡面有個熟男刑警腹肌很棒嗎？雖然那部戲比較冷門，我猜妳可能沒看過。」

她立刻抬起臉，眼睛睜得和貓一樣大。

「叫《怪奇戀愛作戰》……」

我口袋裡還是有那麼幾張牌以備不時之需，誰教許洛薇的弱點生前死後都一樣。

就這樣，我們合力擊退了冤親債主的第一次突襲。

□

雖然我是女生不用當兵，但待在採用軍事化訓練的奇葩柔道社裡，我大概有點明白為何男生將當兵回憶看得那麼重要，有一個可以靠北的機車前輩真的很舒壓，又能為大家帶來感動。

曾經有那麼一個傳說人物，稱霸四屆大專盃和兩屆中正盃個人組，大一就當上柔道社長，並在大三時將沒沒無名的鄉下私立大學柔道社帶到和全台國立大學老牌柔道社齊名，畫成漫畫都不為過，不過主角又高又帥而且早早就有女朋友，可能導致男性閱眾沒辦法有代入感。

理智上當然知道主將學長只是個繼承正常人類DNA的台灣人，但從白帶小菜鳥被他帶大的少數幾個柔道社社員，包括我在內，潛意識裡總覺得主將學長英明神武，神功蓋世，將來鐵定會一統江湖，成為白道武林盟主，和跆拳道女友殺進奧運之類。

我們甚至連他COSPLAY的大俠服裝都想好了，說穿了只是吃飽沒事幹閒嗑牙。

偏偏我總是錯過主將學長回來探望柔道社的時機，對他的印象就此停留在畢業時的瀟灑背影，從其他社員口中得知主將學長的後來發展，實在令人錯愕又不勝唏噓。

「其實台灣能人高手很多，我還不是最出色的。」主將學長很有風度，用一句話帶過與國手資格失之交臂的感想。

據說擠下主將學長的是某個中日混血兒，專攻的量級相同卻比他年輕兩歲，家族長輩就是日本的道場主，成年前打過紮實的高校柔道，雖然不像主將學長在國內獲獎經歷輝煌，卻拿過日本高中團體戰優勝，很了不起的成就。

最關鍵的是，那人家裡有道館人脈和資金支持，能自費去日本受訓，但出身普通家庭的主將學長一畢業就得賺錢養家，他也不想勉強改變量級避開那個勁敵同升國手，冒著受傷風險耗費時間金錢就爲了賭一塊金牌，於是畢業後就鐵了心放棄柔道這條路去當兵，利用軍中閒暇準備考公務員。

主將學長的女朋友則不負眾望當上國手，結果他們分手了。

原本跆拳道女友的底線是，主將學長若能當收入穩定的公務員，男主內女主外那也不錯。豈料主將學長雖然乖乖參加國考，報名的卻是警察特考，順利考上還高高興興受訓準備去窩派出所當基層員警，但每天長時間值班還只能排休，她一氣之下當然是斷了。

非常普通常見的人生轉折，就算付出許多努力，依舊不是每個人才都能像電影一樣從挫折走向成功，有時候頂多拚個無功無過混口飯吃罷了。連主將學長這樣的高手都成了平凡小警察，莫怪我這讀設計的渾人毫無意外地失業了。大學四年很認眞沒有一科被當又怎樣？唉。

距離我摔車受傷已經過了半個月，在這個時候回憶起關於主將學長的事著實是件意外。

一通陌生來電打亂了我平淡又焦慮的休養生活。平常我非常討厭接聽任何未知來電，十之八九是推銷保險或問卷調查，但這陣子我瘋狂找兼職，這時候陌生來電反而成了天堂福音，說不定是關於應徵的回覆。

期待工作機會上門的我接起電話，彼方卻響起醇厚的男子聲音。

「小艾，是妳嗎？」

一副熟人的口氣，誰呀？我立刻愣住了。

「呃，請問哪位？」

對方似乎沒預料到我這個反應，過了幾秒才回答：「好久不見，我是柔道社學長……」

「主將學長!?」我馬上立正站好。

「妳沒把我的號碼存進通訊錄？」他問。

「欸，我不用手機聊天，大家的號碼我都沒存。學長的聲音在電話裡聽起來不太一樣。」

通常是社團的人主動聯絡我，主將學長當過三年社長，想必有將全部社員的聯絡號碼輸入手機，讓人意外的是都過這麼久了，他還保留柔道社的通訊資料。

為何我會確定主將學長留著所有人的手機號碼，而不是特別保留我的資料，這必須先解釋我在柔道社的活動習性——我在社團裡固然和大家混得很熟，但一離開社團就沒有交集，互動都是面對面，偶爾臨時需要聯絡才會由別人打手機給我。

換句話說，我的手機號碼基本上只是裝飾用。手邊保留著正式入社後拿到的一份紙本聯絡名單以防萬一，我覺得就很夠用了。

就算在社團活動裡配合得不錯，我和主將學長唯一一次通電話的經驗，也僅止於初次社遊時我和另一個社員共乘機車不慎迷路掉隊，手忙腳亂掏聯絡名單找當時還是社長的主將學長求救而已。

先別說我們只是普通到了極點的社團學長學妹關係，我從來沒想過要把一個有女朋友、私下又不熟的學長手機設成聯絡人。主將學長沒事不會打來，我更不會打過去。

事隔多年忽然接到主將學長的電話，簡直嚇死人！

「確定不是太久沒聯絡把我的聲音都忘記了？」他的口氣聽起來彷彿我們昨天還一起練柔道，開朗又親切，而不是已經過了毫無聯繫的四年。

「真的沒有啦！學長，都記起來了！」我心虛地乾笑。

「明天有空出來見個面嗎？有事想拜託妳。」完全是昔日的主將學長，單刀直入，一本完勝的風格。

「好的。」

重要到需要當面說的委託到底會是什麼？我沒先在電話裡打聽，過去養成的服從慣性讓我下意識對主將學長一個口令一個動作。

接著敲定見面時間，地點在隔壁鎮郊區某間咖啡館，主將學長便乾脆地掛掉電話。

許洛薇在一旁已經樂瘋了。

被隕石撞擊的我迷迷糊糊上床睡覺，次日一早，前往主將學長指定的見面地點。

四周景色不是水田就是雜樹林，混著幾戶人家，我站在還未開始營業的咖啡館前，外觀是棟三樓透天建築，木頭招牌上用金漆隸書寫著「虛幻燈螢」，環著一圈霓虹燈，庭院用黑色卵石鋪地，有處養著大肚魚和水草的小水池，旁邊擺了很多小盆栽和樸拙石雕。

很文青，生意大概不太好。我頓時冒出這個念頭。如果招牌上不是註明僅提供咖啡下午茶，我會以爲這是間民宿，現在什麼都要複合式經營才活得下去了。

由於咖啡館還未營業，前院大門上鎖，我只能在路邊杵著。

「不是要喝咖啡約會嗎？幹嘛約這麼早？才早上八點！」許洛薇的抱怨聲音從我放在手邊的大購物袋飄出來。

沒錯，許洛薇跟來了。

幸好鬼語只有我聽得到，不至於驚嚇路人，但我和她對話就真的很像自言自語的怪胎。

防水購物袋裡放著打了氣孔的紙箱，裡面裝著我們家的貓，許洛薇附在小花身上，畢竟她也想要和夢中的腹肌重逢。

「喝妳個頭啦！學長是說有事要拜託我。」我不喜歡許洛薇那套賊兮兮的語調。

現在與未來我都沒興趣談戀愛，就算哪天腦袋不對勁，妄想對象也不會是主將學長。許洛薇活在紳士追求淑女、色狼覬覦美女的愛情世界，無法理解穿上道服後一心完成連攻動作的柔道人，男女之間只剩下你死我活的汗臭味。

每當被主將學長殺氣騰騰的大外刈騰空往地墊摔的瞬間，我只有四個字：**教練救我！**

從此以後我看見主將學長就像看到一輛加速直衝而來的小貨卡，駕駛臉上還帶著獰笑；距離產生美感，這是在場邊欣賞道服帥哥的女孩子才有的福利。

「糟糕！」我慘叫一聲。

「怎啦？」

「我忘記主將學長到底叫什麼名字了！」

「哈哈哈！蘇晴艾妳也有今天。」許洛薇毫不客氣地嘲笑我。

「大家都這樣叫他，我昨天在電話裡也是這麼稱呼他。」早知道就該等主將學長講完全名再回答，都怪我一聽見「柔道社學長」就急著認親。

我拿出手機，猛然想起此刻手機裡唯一有的柔道社成員號碼只有被我變成幽靈人口的主將學長，而那紙古老的聯絡名單不知被我塞在房間哪處角落，遠水救不了近火。

最後的希望只剩下暗戀他多年的許洛薇了。Come on，給我學長的全名，三個字，不，兩個字也可以。

「腹肌黑帶？」

這什麼糟糕的綽號？想依靠許洛薇的我眞是錯得徹底。

「沒辦法！妳把他衣服扯開時露出的結實線條太夢幻誘人了，配上他充滿殺氣的認眞眼神，不斷滴落的汗水！啊～嘶！」

許洛薇總是藉著我的好姊妹名義探班，還帶點心飲料來犒軍，成了陽盛陰衰的柔道社夢中女神。除了我，沒人知道她對腹肌的可怕執著，這件事她做得很有技巧，大家都快覺得我們是蕾絲邊了，畢竟當時主將學長的女朋友敢愛敢恨腳踢狐狸精絕不輕饒的傳說也很有名。

我偏偏很得那個跆拳學姊的眼緣，還私下吩咐我在柔道社裡幫她看緊主將學長，我不敢讓她知道，小妹不才正是奉許洛薇之命潛入柔道社。

總之，許洛薇沒做任何出格行徑，甚至連告白都不曾，在花花年華就這麼死了。我反而對她那兩年只能偷偷望著學長的腹肌嚥口水感到悲哀。不過她也只愛腹肌，仔細想想又沒那麼同情她了。

「我當時有男朋友了，怎麼可以記住其他男人的名字？」玫瑰公主正氣凜然。

「好啊！說說妳那個男朋友的全名？」

「……」

「我真對妳感到失望，許洛薇。」

「自己笨別牽拖到我身上。希望我的腹肌黑帶會問妳記不記得他叫什麼？嘻嘻嘻嘻……」許洛薇落井下石詭笑。

越急就越想不起來，我本來就是個臉盲，記人也是名字綽號只能選一邊，對我來說主將學長就是主將學長了。

「算了，反正叫學長不會有錯。」我決定放棄，頂多回去後再問人。

就在我和許洛薇妳來我往鬥嘴打發時間時，一名穿著夾克和牛仔褲的機車騎士停在我身邊，拿下安全帽，我猝不及防看見熟悉的輪廓，差別只是主將學長服完兵役又當上警察，氣質姿態已經完全是個成熟的大人，我不禁自慚形穢。

「怎麼早到了？」他將租來的機車停在我的光陽一百旁，帥氣地拉起中柱，不像我總是偷懶立腳架而已。

「學長好！」我反射性問候完趕緊補上回答。「怕睡過頭遲到，沒到過這附近就早點來找路了。」

「抱歉平日臨時把妳找出來，希望不會太打擾。妳怎麼瘦這麼多還受傷了？」他的表情滿是擔心。

「沒事，反正我最近也沒工作。前陣子摔車，皮肉傷，快好了。」就是手腳擦傷好得慢，傷口參差不齊還沒合口，我只好穿著短袖短褲減少摩擦，主將學長看見繃帶和小擦傷一定會問起，我早就準備好應對內容。

「我記得妳不飆車。」男人視線頓時重了好幾噸。

「這傢伙忽然跑出來，爲了閃牠才雷殘，車速本來就慢，眞的沒受重傷啦！」我趕緊舉起紙箱。

主將學長聽見微弱的喵喵聲愣住，「貓？」

「對呀！牠叫小花，我今天打算帶牠去給獸醫檢查和打預防針。」把許洛薇一起拿起來的事讓我忍不住嘴角上揚。

「妳要養貓？」主將學長耐人尋味地看著我。

「欸，反正也找不到人認養，我借住的地方空間又大，差點撞到牠應該是命中註定。」不出我所料，許洛薇撐不過十天便決定將小花正式收編，甚至保證養貓費用她全包，我只要出力跑腿就好，當天發票對中三張兩百元小獎，看起來像是某種非養不可的徵兆。

還沒打平我事後花的醫藥費總額，無法稱爲招財貓，至少是個好的開始。

上次從許洛薇房間整理出來的現金還好好保管在我這兒，網拍的二手商品也賣出幾件，許洛薇發誓以後只買最便宜的咖啡豆，若有必要，連唯一的咖啡也能放棄，結論是這筆錢夠我們照顧小花一段時間。

「學長呢？抓壞人順利嗎？」

「我還是對柔道無法死心，至少當警察有機會繼續接觸柔道。」主將學長對我露出燦爛的笑容。

頓時心臟不受控制亂跳，胸口一陣發熱，這股無視名利投注生命於技藝的熱血實在太了不起，令我心有戚戚焉，將來主將學長應該會開間道館吧？我一定要去應援湊個人數。我忍不住幻想多年後的美好未來。

「找我幫忙什麼事？」難道是缺女警當餌抓色狼？我好歹也算一枚民間戰力。

「先前不知道妳受傷，這事我得再考慮。」

「已經可以對打了！而且休息這麼多天筋骨痠痛。」其實走路屁股還會痛，不過體能大致恢復了，早該繼續運動，但我被許洛薇和小花感染墮落氣息，假養傷之名行偷懶之實。「學長先說到底怎麼一回事吧！」

主將學長破天荒第一次有求於我，正值超級低潮的我須要建立自信，這件事我管定了！

「這間咖啡館店長是我學弟，本來和他約好明天一起去見某個人，但同事家裡出事我得代班，明天的假取消了，下午就要搭客運回去。想起妳就住在這附近，又是我最信任的學妹，才問妳能不能幫忙，總之沒有要動武。」他強調最後一句話。

主將學長提前一天風塵僕僕親自跑一趟拜託我，還不能在電話裡談，讓我對謎團更好奇了。

「那就沒問題了，算我一份！」

「我先叫學弟出來再說，他大概還在睡，阿刑就住這裡。」主將學長望著二樓，拿出手機撥了個號碼。「我們到了，來開門。」

看來主將學長和那個叫阿刑的店長感情很好。

「他叫刑玉陽，和我同年，只是小我一屆，以前住同一條街的童年玩伴，和我們都是同一間大學，讀休閒事業管理。」主將學長簡單交代他對這個學弟如此義氣相挺的淵源。

「這麼說來他和學長屬於相同學院了？」我訝異道。難怪感情這麼好。

我們這間私立大學明明學生人數不多，課程卻包羅萬象，爲了集中資源共享，學院名稱大都來個雙胞胎，如體育系和觀光產業相關放在一起稱爲運動與休閒學院；而我的設計系也和中文系相親相愛，合稱人文藝術學院，這也是我和許洛薇爲何大一宿舍會分在一起——我們在同一個學院裡。

「那我也要叫學長了。」

「到時候喊他名字就好，他不喜歡人家太客氣。」

聽起來是個不好搞的怪人，年紀輕輕就自己開咖啡館，如果不是富二代，就是用父母老本創業的夢想家，都不是我想打交道的類型，有點後悔。

衝著「最信任的學妹」這塊招牌，死也不能在主將學長面前漏氣，豁出去了！

咖啡館二樓窗戶打開，人影在窗邊一晃，我沒看清楚，不久後裡面走出一個衣著寬鬆的清瘦男人。

Chapter 04 / 白目之人

「虛幻燈螢」的主人穿著民族風寬鬆長袖淡茶色棉上衣，領口繩結沒綁，露出白皙的脖子和鎖骨，下半身則是米色麻質布長褲，身高和主將學長一樣，總之在一八〇以上，頭髮長度則和我一樣，長達肩膀下方十公分，微鬈，臉上戴著圓框墨鏡，暴露出的輪廓部分很年輕。

如果主將學長沒事先告知他們同年，說那人比他小幾歲我也信，瘦瘦高高的身材穿著宛若瑜珈老師，更顯得臉上的墨鏡很違和。

又不是算命仙，陰天戴墨鏡？退一萬步說，要帥怎不找好看一點的墨鏡款式？圓形？我暗自腹誹。

「阿刑，這是我常和你說的小艾，蘇晴艾學妹。小艾，這是我的好朋友刑玉陽，妳不用喊他學長。」

「對，不用叫我學長，我討厭學長學妹喊來喊去套關係的麻煩。」刑玉陽上前一步，仔細端詳我。

我嚥下冷冰冰的口水，抬頭挺胸迎視，雖然隔著墨鏡，依舊能感覺這個男人的視線像劍一般刺過來，現在他在看許洛薇？

我背上寒毛全豎起來了，竭力裝出若無其事的樣子。「這是我打算要養的流浪貓。」

「紅色的貓？」他嘴角勾起略帶諷意的笑。

他看得到！

許洛薇閃出小花身體，緊緊貼在我身後，她也嚇到了。刑玉陽視線跟著她的動作又挪回我身上。

「不是橘子貓，是三毛貓啦！」我硬是用毛色當回答混過去了。

「別刁難小艾，幸好她是我學妹，才肯賣我這個面子來幫忙。」主將學長忽然走近一步，宛若靠山般站在我旁邊說。

長髮男人聳聳肩，不置可否。這個反應讓我更加七上八下，他到底是看見許洛薇了沒？真的看見紅衣女鬼不該這麼平靜吧？但又不像沒看見，他可是說出了紅色的關鍵字。

「我沒想到你居然找了這樣的人來，她都自顧不暇了，是能幫上什麼忙？」

刑玉陽看似打量我的傷勢，這次似乎多了些疑惑，我不禁將背挺得更直了，希望能完全遮住許洛薇。

「奇得很，都糟成這樣了，照理說不該這麼有精神。女人……算了，等等，女人更好，進來吧！」他語焉不詳地說完後轉身走進屋裡。

「嚇到妳了？阿刑有些神神道道的興趣，等等要說的事妳不用太認真。」主將學長見我遲疑不動，牽著我的手跟上咖啡館主人的腳步。

主將學長的手大而有力，被當成小朋友了。我有些不好意思，但感到很安心。

踏入窗明几淨的一樓店面，椅子全部反置在桌面上，果然還沒開始準備營業，刑玉陽走到吧檯後隨口道：「你們挑張桌子，我沖個咖啡，坐下來談。」

待客之道倒還可以，我指了個內側角落的位子，與主將學長合力搬下椅子，刑玉陽則手腳麻利沖起咖啡，空氣中立刻充滿芬芳，許洛薇忍不住探出我的肩膀陶醉地吸氣。

待咖啡沖好後，刑玉陽又從冰箱裡拿出賣剩的手工餅乾，盛在瓷盤裡一併端出招待客人。

我偷偷把手放到腰後撥了撥，暗示許洛薇回到貓身裡縮小存在感，以免主將學長的好友一直盯著我不放。

「萬一這人會道士法術準備對付我，妳一定要馬上帶著我逃跑喔！」許洛薇緊張地說。

礙於主將學長就坐在旁邊，我不能貿然開口，比了個ＯＫ的手勢，許洛薇這才乖乖回到紙箱裡。

「可以開始了嗎？你們原本預定要去見什麼人？」由於有人講話不客氣在先，我也不客氣地拿了一塊對我來說是奢侈品的手工餅乾。

這是黑咖啡？怎麼和我記得的苦味完全不一樣？好好喝！

「一個在家中設立神壇祭祀無極天君的法師，我懷疑他向信徒詐財，以及性侵控制女信眾。」

「有證據嗎？」我問。

「有是有，但完全不夠，法律上難以起訴，目前最大的問題是還沒人報警。」

「所以阿刑想找我一起去見證該名法師，如果我也覺得不對勁，或許可以利用警界資源說服被害者報警控告那神棍，給予實質的制裁。」主將學長說。

「見證？是指裝成信徒混進去找證據？」

「差不多，我想當面確認他到底是眞神棍或假神棍，但無論眞假，那名吳法師都幹了害人的勾當。當然，憑我的片面之詞警察不會行動，我只好利用人脈，讓一個警察朋友陪我進行非正式的偵查了。」他看著主將學長說。

「我不是刑警，而且沒假。」主將學長一口氣喝掉半杯咖啡。

「學長的意思是，只要實際接觸觀察對方的做法，是不是壞人自然心下有底？」我補充問。

「沒錯。強調過不要喊我學長，我都不清楚妳在指誰了？」長髮男人瞇起眼。

「現場就兩個男生，有那麼容易搞混嗎？」我嘀咕。你明明就知道我在說誰！

「哦？敢頂嘴？十五分鐘前才介紹過，妳根本沒記住我的姓名。」

我明顯一僵。

不是我自誇，絕大多數人名對我來說都是過耳即忘，用班號和綽號記人反而輕鬆。

「容我大膽地猜測，妳該不會也不記得他叫什麼名字了？」他指著主將學長。

「那……那個……你是陌生人，我沒辦法啊！」這傢伙是CIA審訊官嗎？我一定是哪裡露餡，是看主將學長時眼神心虛了？還是喚主將學長的音調不自然？該死該死該死！

主將學長嘆了一口氣，「四年不見，妳忘了我的名字也無可厚非。學妹，我的全名是丁鎮邦，他是刑玉陽。」

「借我紙筆寫下來！」我選擇直接面對錯誤，一邊抄寫一邊解釋：「主將學長，你的事我都記得，只是太久沒聽到你說話，對聲音印象比較模糊，社團的人現在也常聊到你，我真的真的沒忘！只是以前大家都叫你主將，我習慣了。」

「所以，鎮邦的本名其實妳從來沒記住？」刑玉陽補上致命一擊。

閉嘴！我要怒了。

我漲紅臉，恨不得掀桌來個雙手刈，讓他連人帶椅用後腦勺撞地板。許洛薇差點衝出來，小花也在哈氣，我趕緊輕踢紙箱讓他們別輕舉妄動，刑玉陽忽然大笑出聲。

我還是第一次見到眞人版的狂笑，當眞挺像瘋子。

「阿刑！你太過分了！」主將學長沉聲道。

「哈哈哈哈……我只是想確定你推薦的人選到底靠不靠得住？結果最信任的學妹居然忘記你的名字，妙！眞是妙！」他按著臉不停抖動。

我鼻子一酸，用力捏緊拳頭，我絕對不要在這個混蛋學長面前哭！我想哭不是因爲挨了刑玉陽的羞辱，而是覺得自己辜負主將學長信任，讓他丟臉了。

「對不起。」

「不需要道歉，我相信妳沒忘，這麼內向的妳接到一通電話沒有二話就出來幫我，和我記憶中的小艾一模一樣，用妳喜歡的方式稱呼我就好。」主將學長揉揉我的頭髮，我則因這個過於親暱的動作愣在原地，那股想落淚的委屈激動倒是被主將學長揉掉了。

一定是主將學長發現刑玉陽的惡劣行爲已經對我造成實質的傷害，才放開顧忌稍微特別安慰我。

我只習慣敬禮之後的肉搏戰，這種人際鬥爭我眞的弱爆了。

「還有，阿刑不是陌生人，小艾，妳大一時和他同一天進柔道社，你們有見過面，只不過他來了幾趟後就沒繼續了。沒差，忘了就忘了。」主將學長望著刑玉陽，口氣帶著一絲挑釁。

主將學長沒偏心好朋友這一點眞的很溫馨。

「咦？」我再度觀察眼前的墨鏡男，他曾經和我一起練過柔道？我很不會認人臉，但或許是初學者的革命情感，迄今還是對同期的菜鳥有印象，雖然不是每個都會在柔道社留下來。

那時候有大我一屆的新手學長入社嗎？我努力掏挖腦海中的垃圾堆，都六年前的事了。

如果說待不久又印象深刻的白帶倒是有一個，好像就是學長，首先躍入腦海的是許洛薇嘰嘰喳喳的興奮笑聲，說和我同期的新社員裡有個美少年，成功混進柔道社簡直是一石二鳥！

好看的人總是容易讓人記住，就連臉盲的我也不例外，不過眞正難忘的是他在新人裡表現最好，總是馬上掌握每個動作要點，尤其受身好像不用教就會了，跳躍前迴轉甚至比某些練了一年的學長姊還俐落，當時讓我很羨慕男生的運動神經，其他女生總是搶著和他組隊練習，帶著羞澀的笑容和興奮的眼神。

那個冷冰冰的白帶男生與其說是學長，更像剛畢業的高中生，女生因此更沒有隔閡地接近他，常常落單的我就被很威嚴的主將學長抓去糾正動作了，多虧這點，我的入門訓練超級紮實。

可能柔道對那個男生來說不夠有意思，一個多月後他就退社走了，期間被主將學長訓練菜單嚇到的新社員也接二連三落跑，最後留下來的女生就我一個。

還記得當時我站在空曠許多的地板墊上嘆氣，主將學長經過我旁邊時碎碎唸，他為了騙新人留下來已經故意把社團活動調得很輕鬆還是沒用，在那之後地獄期就來了。

「是你硬拉我入社，我告訴過你沒空了。」刑玉陽對主將學長說。

我繼續尋找熟悉點，終於「啊」了一聲，「小白學長！」

由於當初那個天才美少年生得一張小白臉又是白帶，渾身雪白又冰冷，不記得刑玉陽名字的我在報告完主將學長的觀察心得後，還得繼續滿足許洛薇對尋找腹肌帥哥潛力股的好奇，爲了方便稱呼，也幫美少年取了綽號。

不過我對許洛薇報告看不到刑玉陽的腹肌後她便乾脆跳過此人了。在我破碎的回憶裡，好像刑玉陽的衣襟從來沒被扯開過，可能是新人不會安排對打，我們的道服都穿得很整齊，動作練習也不會亂到中門大開。

「『小白學長』，這是我的綽號嗎？」他皮笑肉不笑地咧嘴。

如今的刑玉陽離美少年這個詞已經有段距離了，看來創業找工作對男女生的青春摧殘都很大。

「主將學長是大黑，小白純粹指腰帶顏色的意思！」我不由分說帶過，然後在心裡小白小白罵了無數次。

刑玉陽的冷笑怎麼看怎麼陰森，對方鐵定知道我在偷罵他。

「我們已經離題很久了，眞神棍和假神棍是什麼意思？不都是神棍嗎？」我只希望話題可以不要一直聚焦在自己身上。

刑玉陽啜了一口咖啡，緩緩問：「蘇小艾，妳相信鬼神的存在嗎？」

綽號要叫不叫的，莫名其妙的傢伙。

主將學長看了看縮起脖子的我，以及發言一針見血的刑玉陽，皺起眉頭道：「我的學妹一向很鐵齒，不信這些。」

「不，我信。」

主將學長猛然扭頭看我，錯愕的表情有如我在他的道服褲裡偷擠芥末。我無辜地看回去，都和紅衣女鬼同居我也只能信啦！主將學長和過去的我一樣都是不信牛鬼蛇神的現實主義者，可惜我最近叛逃了。

「那就好說話了。我把神棍分成兩種，一種靠話術的假神棍，本質上還是普通人，司法機關該怎辦就怎麼辦。一種除了話術外，還會利用法術害人，這個我稱爲眞神棍，會通靈並不代表正信，但警察和法官更加拿他沒辦法。」刑玉陽說。

「我懂了，但是這兩種神棍都會利用人心脆弱。」

「這個社會喜歡譴責受騙上當的人，反過來說，便是這種『正常人不可能被騙』的錯誤思維，讓很多受害者否認自己被佔了便宜。首先，一個人或多或少都會有脆弱迷亂的時候；第二，有的神棍還能利用不可抗力影響一個擁有正常判斷能力的人。」刑玉陽一改方才吊兒郎當的口氣，「即使是妳、我和鎭邦，都有可能中了神棍的術，別忘了很多邪教信徒都是科學家、大老闆，難道他們會缺邏輯判斷和知識？」

「你分得出神棍的眞假？怎麼分？」

刑玉陽拿下墨鏡正面向著我，他的眼睛很大，壓得低低的眉毛透著凌厲之氣，滿像中國古裝戲裡的陰沉皇子臉。

他的左眼一眨，原本正常的深褐瞳仁瞬間變成白色。

「我能看見眾生。」

一開始我以爲刑玉陽翻白眼，可是從未看過有人能單邊翻白眼，而且仔細注意他沒翻，依舊能看見瞳孔輪廓，只是瞳仁變成詭異的白色。

「妳，很暗，存在感低，差點看不出來。不過很奇怪，靠近卻比一般人還熱，有種還在悶燃的感覺。通常妳這種人已經大禍臨頭，不是進棺材就是躺在醫院裡，看妳的樣子也像剛逃過一劫。」刑玉陽點評我。

他知道我心燈熄滅的事了？原來在有陰陽眼的人看來我很暗嗎？但他沒說出許洛薇就在我旁邊，大概不想現在驚動主將學長，得提防他後面針對這點找我麻煩。

「鎮邦，你還是老樣子，明亮，力量充沛，身邊也沒有其他東西跟著。」主將學長也被順手開了張檢測結果。

主將學長用拳頭撐著額，看起來很無力。「我不相信這個，但醫學上無法解釋阿刑的眼睛爲何會變成那樣。醫生希望阿刑能協助臨床研究讓他發表特殊醫學案例，阿刑和他媽不想事情鬧大拒絕了。那醫師還偷拍阿刑的眼部照片，偏偏拍出來照片正常，結果還來騷擾他們家。」

「眞的陰陽眼耶！哇塞！」和死去的許洛薇相遇後我也能看見鬼，但眼睛就沒變得那麼奇怪，好哩家在。

「不只是陰陽眼，不是鬼也不是人的東西我都看得見，偏偏又不夠清晰，全混在一起，可不是妳以爲的人一邊鬼一邊，像斑馬線那麼清楚。」

「咦？很模糊嗎？」我看許洛薇可是纖毫畢露，連她的眼睫毛都一清二楚，因此她厲鬼變身時簡直就是近距離觀賞異形電影。

「差不多是紅綠燈小人那種程度，只有亮度顏色和大概輪廓。」刑玉陽道。

我試著想像許洛薇變成紅綠燈小人的模樣，好像恐怖不起來了。

「我在大學和阿刑重逢後才知道他有這個毛病。他這種『看得見』和謊話差不多，是真的也好假的也好，到頭來對別人沒什麼影響。」主將學長說。

「就是欠缺實用價值的意思，我可不想公開自己有靈能力。」刑玉陽補充。

「那是隨時都能看見嗎？能力一開連活人都會變得很模糊，不就很影響正常視力？與其說能看見鬼，不如說沒辦法辨識人，像色盲的意思嗎？」我急著問清楚，現在的我很需要任何能夠驗證的靈異資料，畢竟我可是被冤親債主追殺中。

「長大以後我已經能控制兩種視力的切換了。也不是真的沒用，只要把握訣竅，還是能看見很多東西。比如說……」他做了個環顧動作。「先記住正常環境裡有多少人，每個人的樣子，再對比切換後的人數、顏色和形狀，至少能確定那個地方對我來說是否安全。」

聽起來好像很累。

「撇開靈異的部分不提，他這個觀察分析人群環境的能力倒是很適合當警察。」主將學長說。

「還有呢？」我興致盎然地追問。「如果是真神棍，表示他會養小鬼、對人下符之類，那你會怎麼應付？」

「我不會法術，除了這隻眼睛能看見異物，其他部分都是普通人。」他閉上左眼，再張開時又恢復了深褐色。墨鏡是刑玉陽觀察環境或特定對象時的掩飾道具，還選戴少見滑稽特別搶眼的圓墨鏡，好讓別人不會注意他的眸色變化。

看著刑玉陽手持他的算命仙道具墨鏡晃了兩下，我忽然有種感覺，這傢伙心機頗重。

至少他沒辦法傷害許洛薇，我放心了。光是這一帶就有我的冤親債主和許洛薇那樣的厲鬼活動，除了看得見（還看不清楚）以外沒有任何防身技能，刑玉陽每次開眼反應都得非常謹慎才行。

「不能還手不就有危險了嗎？」

「我有人脈可以通知修道者來處理，再說，其實大部分眞神棍的法術也不怎麼樣，利用暗示和恐懼心理唬人居多，只是我須要親自跑一趟現場才能驗證猜想。」刑玉陽說完戴回墨鏡。

「簡而言之你是魂魄的紅外線感應器？」我替他歸納。

他愣了愣，似乎不太滿意這個形容，勉強點頭。「可以這麼說。」

「所以，我就是主將學長的代理人，只要我認為有必要報警，學長就會相信那個神壇裡有犯罪行爲，然後想辦法行動，這樣講對嗎？」我又轉身問主將學長。

「如果妳覺得不妥就算了，其實我也不太放心讓妳去，頂多就是改時間。」主將學長道。

「我和那個吳法師預約時間是明天下午，再改恐怕打草驚蛇，好不容易才透過第三者聯繫上。」刑玉陽表示他不想延期。

「沒關係，我想去。騙財騙色的神棍還逍遙法外，這口氣我吞不下去。」另外我也想累積一些靈異戰鬥經驗，說不定之後和冤親債主再度對決時派得上用場。

「還有一件事我想知道，刑玉陽，你怎麼會和神棍這件事扯上關係？」

「妳沉得住氣，不錯。既然如此，等等我們就先去見被害人。」

「欸？」

「那個神棍最近的受害者之一是我的直屬學妹，她走投無路向我求救。身為女生也有方便的地方，有些事我不好問得太細，去見那名吳法師前我希望再確認一次情況。」

原來受害者就是他的學妹，雖然討厭人際關係但沒有拒絕嗎？我好像有點明白刑玉陽的性格了，儘管還是看他不順眼。

「直接去嗎？」太多衝擊我一下子消化不了。

「戴佳琬在向我求救後沒幾天就崩潰住進精神病院，已經過了兩個月，今天想拜託妳加入的事，是我去探望她時斷斷續續問出來的破碎線索，再加上自己的推測調查，好不容易才有些眉目。當初她找我求救時根本沒提神棍的事，妳猜她怎麼了？」

「我不想猜，你快說吧！」我直覺會聽見很糟糕的答案。

「懷孕，胎兒父不詳，被家裡趕出來。我將她安置在離這裡最近的精神病院，她姊姊答應暫時幫忙付住院費用，但其他就不想管了。」

我揉揉臉，結果我們三人又各自續了一杯咖啡，希望沖掉這些烏煙瘴氣的訊息。

難怪主將學長會同意刑玉陽的調查計畫，再怎麼荒謬也不能不插手了。

「既然你要我去見她，那就去見，我也不希望明天深入敵陣時處於狀況外，關於戴佳琬我還有什麼需要注意的地方嗎？」雖然本能和這個男人合不來，但刑玉陽願意擔下戴佳琬的責任還是令人肅然起敬，光是他一語帶過兩個月的時間，就知道他應該經手不少麻煩了。

「通常我看見孕婦，都像肚子裡塞著一盞燈籠似的。戴佳琬向我表示她懷孕了，肚子卻是黑的，我本來以爲她說謊，只是想找個藉口讓我同情收留她，但後來她不得不入院時，醫生替她健康檢查，發現她確實懷有身孕，幸好胎兒健康。聽了這句話，當時我全身發冷。」

我也被刑玉陽的轉述嚇出一身雞皮疙瘩。

「胎兒沒發光代表什麼意思？」

「不知道，總之和邪穢有關，如果有更多線索應該就能讓專家找出答案了，不過專家通常很忙，我就用這隻老天給的怪眼去做做現場工作，四處探聽看看。」刑玉陽道。

「有胎兒就能比對親生父親的ＤＮＡ，問題是現在當事人精神不正常，無法指認凶手，繼續這樣下去只能不了了之，沒有犯罪證據就無法強制別人驗ＤＮＡ，很有可能還會被反咬誣告。就算確定性侵戴佳琬的是那個神棍，只要他辯稱是兩情相悅，我們也無能為力。」主將學長的聲音透出怒意，「必須從其他管道拿到檢察官願意介入調查的證據，或者其他被害人資料。」

「看來困難重重，只能盡力而為了，那間精神病院在哪？」我又吃了塊南瓜奶油餅乾，儲備能量！

「大概一小時可以抵達的地方，等等我們分別騎車過去。」

我低頭看著身上的短袖短褲，主將學長約在咖啡館，我以為只是坐著談話，打算結束會面後再悠閒地前往鎮上的獸醫診所，因此穿得很輕鬆。若要去探望戴佳琬，等於來回至少要耗費兩個多小時騎車，途中可能風吹日曬雨淋，可以想見不太舒服，又不好意思說我想換套保護性更好的外出服。

「帶著小花去不太方便，還是我先回家一趟放貓？」順便換衣服。

「從這裡直接出發最近，貓先暫時放我這兒就好。」顯然刑玉陽打算保持這一副飄逸的打扮行動。

好吧，我咬牙同意。幸好機車後車箱裡還放著一件薄外套。

「我有個好主意，你們兩個去戴佳琬那邊，我帶著小花去獸醫診所，鎮上就那麼一間而已，以前我和女朋友養狗時也去過。上次我和阿刑一起探望戴佳琬，她被我嚇到了，現在我去派不上用場。」主將學長單手抱著紙箱說。

我懂主將學長爲何要找我了，他是陽剛強大的男人，對被家人放棄的受害女生來說就是一股威脅，就連外表形象較溫和的刑玉陽也覺得由我出面和戴佳琬互動會比較好，顯然一樣碰過釘子。

購物袋邊冒出一隻纖纖玉手比了個V，然後嫌棄地朝我搧了搧，要我別打擾她和主將學長單獨約會，我看著刑玉陽，刑玉陽看著我。

我對刑玉陽雙手合十，暗示他當作沒看到。

「好，就我和蘇小艾兩個人去。那隻貓，你小心點。」刑玉陽意味深長地提醒主將學長。

「嗯？」

「我是說別把『最信任的學妹』的貓弄丟了，否則她會和妳翻臉。」刑玉陽不屑地哼道。

「不會的，小艾，相信我。再說，妳的小花很乖，待在箱子裡一點也沒亂動。」

「那就拜託你了，學長。」許洛薇當然乖，這隻見色忘友的鬼中敗類正等著主將學長將她放到腹肌上疼愛呢！

「中午在我的店集合。鎮邦，備份鑰匙給你，帶貓看醫生花不了多少時間，完事就回來這邊休息。」刑玉陽將鑰匙丟給主將學長。

「謝了。」

於是刑玉陽從後院牽出他的老野狼，我跟在車尾一起走向大門，先主將學長一步出發。

當我忙著從後車箱拿出薄外套穿上時，刑玉陽冷不防走到我面前。

「鎮邦一直覺得靈視可能只是我的幻覺，坦白說，連我自己都不太想相信，畢竟白眼看見的世界實在太扭曲，不過，這次說不定妳可以當我的對照組。」

該來的終於來了。

「跟著妳的那個是厲鬼嗎？」

「對。」

「它好像不會傷害妳，是妳的祖先嗎？我想過那個可能是守護靈。」所以刑玉陽才沒大嘴巴地在主將學長面前說破。「我看過一些厲鬼，大部分都是混濁斑駁的血色，那種鮮艷紅色還是第一次見到……」

「像玫瑰的顏色。」我應聲接道。

「妳果然也看得見。」

他湊過來盯我眼睛的姿勢實在很有壓力。

「別看了，眼睛不會變色。我以前確定是麻瓜，找到許洛薇後才看得見她和其他鬼。她不是祖先，是我的好朋友。」我伸直手臂擋著前面。

「許洛薇？」

「你應該不認識，但主將學長可能還記得她，以前我們柔道社練習時常常來探班的正妹，兩年前在中文系跳樓的那個。」

「那件新聞我知道，原來她是妳朋友。」刑玉陽總算願意退後一步，將新鮮空氣還給我。

「但人鬼殊途，妳們這樣不是好事。」

「STOP！刑玉陽，我沒有瞞你，就是爲了把話先說清楚，你不要插手我和許洛薇的事，也不要找人插手，我和她是一個Team！」

「什麼Team？」

「就養貓、聊天啊……還有對付一個我的冤親債主，上次我們揍了他一頓，短時間內不會再來，應該吧……別把這件事告訴主將學長。」我不確定地說。

他看上去頭疼犯了。

「那妳的厲鬼朋友方才爲何去纏鎮邦？」

那一瞬他的氣勢幾乎和場上的主將學長一樣充滿威壓感，我勉強挺住了。

「因爲主將學長是她喜歡很久的人，她只是想一解相思之苦，不會傷害或騷擾主將學長啦！我會好好管教她。」

我說到「好好管教」時，看見刑玉陽嘴角抽了好幾下。

「以後再解釋！不是要去精神病院？」我趕緊催促他。

結果我們還是先去拜訪受害者，路上下了一場雨，害只穿簡便雨衣的我有點狼狽，刑玉陽拿出全套機車雨衣穿上，抵達目的地時還是一身清爽。

□

拜訪戴佳琬的過程很沉重，精神病院古怪壓抑的氣氛令人喘不過氣，乾淨明亮的環境反而讓我害怕。由於戴佳琬情況特殊，是家人不願收容的孕婦，院方特別安排了獨立病房給她。

她看起來非常憔悴，比實際年齡老了十幾歲，手腳枯瘦，肚子還不明顯，沒有我以爲的瘋狂、難以溝通。刑玉陽用崩潰形容她，我無法否認，她像一隻受傷小鳥縮在床上，不參加任何治療課程，反而很樂意被病房拘禁起來似的。

她眞的瘋了嗎？這是我的第一個懷疑，但如果我將最近的遭遇說出去，別人也會將我當成瘋子。

不過我那憨厚的外表順利發揮作用，我從刑玉陽卡關的地方開始挑戰。戴佳琬拒絕墮胎，一度願意原諒她的家人也因爲她堅持保留這個來路不明的胎兒，一氣之下斷絕她回家的路。戴佳琬的姊姊拜託刑玉陽去勸她，他也認爲最好趁早拿掉這個問題胎兒，至少能夠爲傷害止血，爲此他和戴佳琬好不容易建立的信任關係崩塌了。

他看起來實在不像熱心助人的類型，果然是被學長學妹關係坑了不少。

「妳一定很想當媽媽齁？寶寶要叫什麼名字呢？」我沒敢提墮胎話題，把刑玉陽趕出病房，坐著和可憐的戴佳琬有一搭沒一搭聊天。

「文甫，我們就快要可以在一起了……」戴佳琬摸著肚子寶愛地說。

沒問到多少神棍和那個道場的事，想來是戴佳琬已經被問過許多次，對這類話題產生了戒心，加上她的精神狀況眞的破破碎碎，說話老是語無倫次，我只知道她好像在害怕某樣東西將他們母子抓走。

那個和我同年的女孩子的模樣讓我心痛。走出精神病院後，刑玉陽說了一個讓我反胃不止的消息。

「文甫是她車禍過世的男友。」女人被神棍佔便宜，十有八九都是因爲愛情，刑玉陽之前就向戴佳琬的姊姊調查過她的感情狀況。

「她相信男友投胎轉世回到身邊，才那麼抗拒墮胎，那肚子裡有可能是男友的鬼魂嗎？」我趁停紅燈時問他。

「投胎轉世不是能人爲操控的事，如果有東西附在她肚子裡，絕對不是好東西，目前還觀察不出那個黑色胎兒是什麼。」刑玉陽說。

回到「虛幻燈螢」和主將學長會合後，小花奄奄一息趴在桌上，主將學長將外套裹成一團當墊子讓貓睡，他則在一邊看書。

「醫生說牠很健康，打完預防針可能出現精神不佳反應，這兩天注意一點就好，我本來想直接請醫生幫小花結紮，但獸醫說結紮和打預防針最好不要同一天，只好先打晶片。」主將學長一副很遺憾不能一口氣走完全套流程的模樣。

「結紮!?」我猛然看向小花還有許洛薇，一鬼一貓似乎飽受驚嚇，正處於劫後餘生的無力狀態。

「謝謝學長，剩下的我自己處理就好，看獸醫費用多少?我給你。」

「不用，我出就好，就當拜託妳幫忙的謝禮，還有我也很喜歡小花，希望妳能好好養，事前準備就要做好，我還買了一包獸醫推薦的飼料，等等記得帶回去餵。」主將學長不容拒絕地說。

「眞的不行啦！是我要養貓的！怎麼可以讓學長出錢！」我立刻慌了。

「搞清楚狀況，學妹，這也是我對小花的贊助，所以妳要定期拍照片讓我追蹤小花的情況，另外結紮的錢我已經先付給獸醫，一個禮拜後記得帶小花去結紮，牠夠大了。」

我無法推卻，只好接受主將學長的好意，但不得不承認我的確爲了少付一筆費用鬆了口氣。

臨分別前，主將學長又特別把我拎到面前叮囑。

「小艾，阿刑有合氣道三段和劍道初段，萬一遇到危險讓他去打就好，至少我不用擔心妳被告傷害罪。」

我看著轉開視線的刑玉陽，這表示他是武術高手嗎？我對合氣道不熟，另外，好像也很少聽到劍道用在實戰。

「阿刑，你知道我讓小艾跟你去的眞正用意嗎？」

「明白，我會看好她。」

「還有，帶著她一根頭髮不掉地回來。」主將學長說完跨上機車離開。

「學長再見——」

刑玉陽目送了一會兒才說：「他的意思是，要我看看就走。妳的主將學長不能親自在現場監督，只好讓我保管一個女生，強制我不要惹麻煩。」

原來我還有當易碎品的功能，不過這樣也好，我可不想被拖下水去警局做筆錄。

「那我先回去了。」今天太多意外刺激，我已經有點累。

「想必妳也有些要準備的事，期待妳帶著最大戰力來幫忙。」刑玉陽一點都不誠懇，已經是用看累贅的眼神盯著我。「一樣明天早上八點半來我這裡，我們要搭火車去神棍的地盤。」

「了解。」我將主將學長恩賜的高級飼料放上後座綁牢，再把裝著小花的紙箱購物袋放在腳踏墊上，對刑玉陽揮揮手。

其實兩個學長都是行動派的好人，忙活半天也有不少收穫，認識刑玉陽後忽然被打通靈異相關的世界，有人承認並能理解我看得到鬼、被冤親債主纏上的現實，讓我有點高興。要是刑玉陽態度別那麼傲慢就十全十美了。

Chapter 05 /

一起去釣魚

大一、大二時期與主將學長同在社團的戰鬥歲月中，能夠扯開主將學長道服的蘇小艾也是一號人物了。其他新社員都這麼說，他們總是還沒摸到主將學長的衣襟就被他摔飛出去。

那時許洛薇平均三次探班有一次能夠目睹主將學長宛若南湖大山的腹肌現身，這對她來說算投資報酬率很高的娛樂活動了。我得超水準發揮加上主將學長無聊想玩人，才能和他周旋片刻。主要還是由其他凶暴學長負責扯開丁鎮邦社長那宛若厚重雲海守護著帝王之山的道服。

難得能重溫舊夢加上觸覺體驗，今天許洛薇應該開心得要命囉？

我一邊這麼想，手指輸入關鍵字搜尋情報，合氣道三段外加劍道一段的實力到底是什麼概念，我完全無法想像，了解隊友程度很重要。

這一查我有點吃驚，兩種武術的升段考試都是演武，合氣道居然還是不比賽的和平宗旨。柔道初段在台灣通常得先得到全國比賽前三名才會被推薦參加升段審查，換句話說，拿到黑帶已經是人形凶器了，連附近警局都會登記柔道黑帶者的資料列為注意名單。

看起來合氣道和劍道比較像是跆拳道那種小朋友也能拿黑帶的檢定方式，把型做好就能通過考試，武術性質不同也沒什麼好比，刑玉陽貌似更擅長合氣道。我又查了合氣道三段的考試影片，發現他們動作輕飄飄的，沒怎麼出力對手就飛起來了，有點神奇。

教練和主將學長都說過，沒有最強的武術，只有最強的人，柔道看起來很粗暴，但其實練到最後也不是用蠻力，合氣道和柔道還系出同源，祖先都是日本的古武道柔術。

學武術最常遇到的強不強爭議，說穿了就是運動和實戰的差別。運動取向要求較低，認眞熟練基本技術、體能反應達到一定水準後，男女都能強身自衛；但參與實戰和打贏其他有心練武的人就難了，對手可能一群人拿刀拿棍圍毆，或者會專業的閃躲攻擊。

只能說我柔道練這麼久還是爲了運動，頂多遇到危險時可以防身逃跑，不會傻在原地任人魚肉。就算是上段高手，往往也只是一對一佔優勢，一對多同樣仆街。柔道會被警界當成必學項目，就是因爲招式很實用，一般人不用練成武術高手也能發揮制伏敵人的效果。

看起來漂亮的招式若不是打假的，就得非常要求技術了。

「主將學長既然說刑玉陽能打應該就是眞的會打吧？」我自言自語。剛好查到合氣道標榜「愛的武術」的網頁，心中更不安了。好吧！搞不好刑玉陽以前是街頭霸王之類，後來才去練合氣道修身養性，我總覺得那個學長一定和人打過架。

我關掉網頁，決定向許洛薇借防狼噴霧，以期在神棍的地盤意外撕破臉被攻擊時能派上用場。不是我看不起自家柔道，一來我的實戰經驗是零；二來合法的防身武器不用白不用；第三，萬一我眞的出手不知輕重，推人一下都可能撞錯位置跌死人了，何況柔道就是專門拿地球當武器。我光是學貸就還不起，完全不想防衛過當還要賠人醫藥費。

瞧，學武眞的沒什麼了不起。

「薇薇，我進來了？妳怎麼一直待在房裡？借我防狼噴霧，應該還沒過期吧？」我大聲吆喝完走進許洛薇的房間，發現她還是蹲在電腦椅上，凝視著不斷重複播放的殺手學弟健美照片。

難道她從回到家就一直保持這個姿勢？

紅衣女鬼像一片忽然被咬破的糖人兒般掉到地上，撕心裂肺大哭：「腹肌黑帶——妳的主將學長的腹肌不見了啦！嗚哇哇哇……」

她在地上打滾哭了好幾個小時，中間還能歇口氣提醒我若干個防狼噴霧的存放位置，可惜都是錯的。吃晚餐時許洛薇堅持悼念腹肌，沒有跟過來聞香，連在浴室裡還能聽見她的哭聲模模糊糊傳進來。

再這樣下去，我們這裡就要成爲民雄鬼屋第二了。

我只好放下明天的神壇攻略準備，抱著手搖式磨豆機坐到沙發上，開始慢慢磨咖啡豆，這是現在許洛薇最喜歡的「喝」咖啡方式。手動磨可以讓咖啡豆香氣持續釋出，不會被電動刀片高速轉動的高溫和研磨不均破壞風味。

平常我哪有空慢慢磨給她，當然還是拿電動磨豆機攪一攪了事。

於是許洛薇窩在我旁邊抽噎，嗅著咖啡香，告訴我早上在動物診所的悲慘遭遇。

被主將學長從紙箱裡輕柔地拎出來抱在懷裡感覺很好，連獸醫都誇了兩句先生的貓咪好乖巧，許洛薇感到驕傲。接著獸醫開始爲上一位客人的寵物進行結紮手術，主將學長則一臉認眞站在旁邊，代替我學習飼主須知的義務。

許洛薇開始感覺她……好像不太好了。

當醫師說出「下一個」，主將學長將小花放到不鏽鋼手術台上，開始和醫師討論送給小花的套餐，許洛薇陷入天人交戰，幸好獸醫說結紮下次再來，除蚤貌似也不恐怖，她眞的很想當好一隻乖貓咪。

胸膛固然堅實，腹肌更加可貴，能不能睡到主將學長的腹肌就在此一役了。

當醫師拿出三合一疫苗和注射晶片用的特粗針頭時，許洛薇果斷脫離了小花。

小花狠狠抓了剛剛才大肆讚美牠的獸醫一把，長嚎哈氣，扭腰翻滾甩開壓制，跳下不鏽鋼台。

主將學長眼中銳光一閃，脫下外套幫忙抓貓，許洛薇就是在這時發現主將學長腰身變粗，將T恤繃得緊緊的，不再是腰部微微透風、勾引無數女人心的倒三角身材。

於是有了那聲悲哀的呼喊。

「主將學長的腹肌鐵定還在，只是被脂肪包住線條不那麼明顯罷了。」

「脂肪！不要——」許洛薇聽到了那個恐怖的字眼後尖叫。

「學長現在工作忙又要和同事應酬，沒有刻意塑身降體脂變成這樣很正常啦！他的核心肌群應該鍛鍊得更厲害了，眞想看他實戰。」我希望許洛薇面對現實。

「我被吸在地上的那兩年，就是靠黑帶腹肌的精神救贖才撐過來，現在要我怎麼辦？小艾，叫妳學長減肥啦！」許洛薇又任性了。

「他又不肥，人家標準體重好不好？」我沒好氣地回答。

看來主將學長的腹肌對許洛薇有特別影響，近乎擊退吸血鬼的銀十字架那類神聖之物，許洛薇已經被制約了。

「吸哭吸哭吸哭吸哭吸哭……」

「學日本動畫人物也沒用。」我搖著好不容易找到的防狼噴霧器打算找個地方試試效果，想了想，先將防身物品放到一邊。

「還有殺手學弟，幸好他很愛健身，妳看開點吧。」我繼續磨咖啡豆。

「將縑來比素，新人不如故。」許洛薇含淚答了我一句古詩。

我都忘了她原是中文系，這女人的文采只有涉及帥哥或腹肌時才會短暫覺醒。

「給我專心聞咖啡，不然不給妳磨了。我明天一早就要跟那個白目學長去挑戰神棍，都還不知道會發生什麼事！」我不後悔接下任務，只是得和陌生人互動的事讓我渾身焦躁靜不下來，就跟今天被獸醫虐了一把的小花一樣。

「我會跟妳去，安啦！」許洛薇又趴在我背上嗅著咖啡香，努力表現得可靠。

翌日，我在種種複雜心情中跟隨刑玉陽搭上火車，跨了兩個縣到某間社區大樓拜訪那名神棍吳法師。許洛薇則附在一盆小仙人掌上，被我放在包包裡隨身攜帶，她好像不能附原子筆或駕照那類無生命的物體。

瘦高的墨鏡青年沿途不斷對我重複教戰守則，包括彼此的偽裝身分——刑玉陽是我大哥，我是遇人不淑又愛求神問卜的小妹。他因爲不放心才跟來旁觀，我則負責扮演想要挽回男友愛情的迷信笨女人。

好爛的劇本。

我猛然想到有一點不太對，「你這個小妹是事先虛構好的角色，那主將學長一出現不就露餡了？」

總不可能讓主將學長扮演刑玉陽的妹妹？我打了個冷顫。

「只是一個委託藉口而已，人都到了，順便賭他們不想壞了招牌還是會照舊招待。」刑玉陽露出狡猾的表情。

順帶一提，他說主將學長原本要去觀察吳法師的表現，正派修行者還是能透過言行談吐看出底蘊，即使刑玉陽傾向認為吳法師是壞蛋，但也不能排除戴佳琬的確精神異常，才給出那些妄想被害的訊息，等於是從兩種方向來驗證戴佳琬遭遇的眞假和責任歸屬。

「所以你們早就做好只此一次被趕出來的心理準備？」

「就算代打人員換成妳，情況也不會更糟了。」他無情地吐槽我。

「喂。」他這麼說應該是不希望我有壓力吧？

向警衛打過招呼，表示我們是事先預約的客人，警衛見怪不怪地登記後放行，看來已經習慣時常有來路不明的信徒拜訪這處私人宗教道場。

「咻～全新大樓耶！」我吹了聲口哨，然後不小心被口水嗆到。

「妳在緊張嗎？」刑玉陽問。

我試著不要咳出聲音。

「沒什麼好怕的。」刑玉陽按住我的脖子將我輕輕往前推了一步。

好了，因為他莫名其妙的動作，害我不自在的原因又多了一個。

接下來的發展很普通，一個穿著明黃唐裝上衣和黑色長褲的中年人等在玄關，將我們引入設置三層神壇的客廳，我們和其他信徒一起靠牆坐在板凳上等待，這個時段一起來問事的有四組信徒，其中有像我一樣由家人陪同，也有單獨前來的人。

吳法師留著髮髻，身著朱紅色長袍，上面繡著龍和八卦圖，我看不出有什麼作用，只覺得很花俏，他的外表倒是教人意外。

我一直覺得神棍就該長得又老又猥瑣，可是這個吳法師倒稱得上五官端正，黝黑的國字臉甚至頗符合一般人對正派長相的想像，年紀也才四十出頭，配上似乎有在鍛鍊的健壯身材，即使不用裝神弄鬼也是不缺女人的類型。

隨著信徒一組一組上場，我們旁觀了吳法師爲人開解釋疑和作法驅邪的過程，是沒有智障到「用老衲的降魔杵陰陽交合驅魔」的低級手法，這一點早在多組信徒齊聚一堂我們就猜到了。

吳法師表現一般，感覺不出特別神異或可疑之處，面對信徒詢問時口才不錯、神色鎮定，我就像旁觀從小到大常常看見的民俗活動，雖然不以爲然，但也沒有聞到騙子的味道。

我轉而觀察神壇，上頭擺放各種神像，只覺得都差不多，最高處的那尊比較大。事先查過網路資料，還是不知道無極天君是什麼神，後來猜想可能是吳法師自創一個位格很高的大神名字崇拜。

刑玉陽打從坐下等待開始，眉心始終皺著，不知他看出問題了沒？

輪到最後一組，我迎上吳法師的微笑臉龐，一瞬覺得他目光有些冷，轉眼間又是從容慈祥的表情。

對方應該起疑了吧，畢竟刑玉陽的委託實在太不自然，或者說就算我們兩個怎麼擠也很難擠出那種落水小狗想爬上來狂舔救星的依賴眼神。我也不知該怎麼形容，大概是從來不去廟裡的人拿香拜拜就是不太順暢的感覺。

「刑玉蘭小姐對嗎？今日來拜訪星君有何疑難？」吳法師親切地問我。

「那個……是朋友介紹我來的，還很熱心幫我預約，聽說這邊很靈，我想請問……是有一點點感情上的困擾……我哥哥不太放心硬是要跟來……」我的結巴不是裝的，畢竟是第一次扮演間諜狗仔。

「呵呵，有家屬陪同是好事，不用在意。」吳法師看了一眼坐在角落的刑玉陽，隨即又將注意力放到我身上。

「我……」

「慢慢說，不用緊張，時間還很多。」

「人家真的不太習慣來廟裡拜拜，師父，說錯話請你不要見怪。我沒交過男朋友，希望星君可以保佑我桃花運好一點！」我故意把私人神壇說成廟，強調自己的笨拙無經驗，希望這麼做可以將弱點轉為保護色。

瞬間感覺刑玉陽的眼刀砍在背上，不就是推翻某個天才學長的花痴設定嗎？管他的！我繼續羞澀不安地望著吳法師。

好歹我已歷經無數網路小說洗禮（省錢娛樂首選），還幫許洛薇捉刀四年中文系報告。閃開，讓專業的來！

□

面對一個很可能擅長做壞事的社會人士，我不覺得自己的蹩腳演技能騙過對方，考慮了一晚上，我制定萬無一失的策略。

「只說事實」。

目標是鑑定這個吳法師，並非讓他相信我們的故事，因此我認為沒有必要按照刑玉陽的設定，最好能夠延長吳法師和我們——或者說「我」的互動時間。

「妳是說從來沒有交過男朋友嗎？」吳法師眼神變深了，再次認真打量我全身。

「我知道自己長得沒有很好看，身材也不好，這些我都願意改，但連可以聊天的男生都遇不到，我不知道該怎麼辦了。」我低頭拉著衣角怯懦地說。

「不會的，刑小姐這麼單純乖巧，實在不用太著急沒有男朋友的事。」

我給吳法師的生辰八字當然是假的，順便將年齡謊報成十八歲。主將學長和刑玉陽都說一定混得過去，又是多虧我不高的身材和憨厚圓臉。

「倒是……」

「怎麼了，師父？是我有什麼問題才交不到男朋友嗎？」我趕緊幫腔。

「妳身上有股鬼氣，最近恐怕有致命危險。」

我不知他是否誤打誤撞說中許洛薇和心燈熄滅的事，不過光是看我身上的車禍傷口包紮和舊夾克配運動褲的「脫俗」打扮，也知道我是個家裡蹲的衰人。

一開始就沒打算讓吳法師覺得我漂亮，而是沒自信又畏縮，這恰恰是神棍最喜歡的獵物。其實我本來就很沒自信，但從小被爸媽教導無神論長大，到最近人生被冤清債主搞得一團糟，中間連根神明的毛都沒看見，要我崇拜神的代言人實在有困難。再說我都窮到買不起肉了，光是聽到騙財還騙色的神棍兩個字就手癢。

「眞的！我前陣子昏昏沉沉出了車禍，難道被髒東西附身了？」

許洛薇現在沒站在我身邊，剛剛等叫號時，我們按事先分配好的計畫由她去檢查室內。仔細想想我們這支小隊還眞是開了外掛，兩個有陰陽眼的人外加一隻厲鬼，這樣還鑑別不出神棍眞假就沒天理了。

「師父你一定要幫我想辦法，我……我最怕鬼了！」

吳法師承諾要替我作法解厄，我在他拿起香之前忙問：「會不會很貴？」

吳法師被我的慫樣逗出一絲笑容：「我們修道人幫助別人是不收費的。」

我想起廳堂的豪華裝潢和明顯使用高級木料的神壇，在心底冷笑。

「謝謝、謝謝師父。」

於是吳法師祝香來了篇咿咿嗚嗚的漫長禱告，又拿著金鈴在我周身搖晃唸咒，整個過程我表現得很溫順。

接著吳法師將一張符紙化在放了某種植物葉子的茶水裡遞給我，我接過就要喝，方才一直不出聲旁觀的刑玉陽一個箭步握住我的手。

「哥！你不要管我好不好！」我尖銳的音調非常完美。

「這齣鬧劇我已經看夠了，大學都考不上交什麼男朋友！走！回家！」刑玉陽一把抓著我就要離開，我和他拉拉扯扯，那碗符水就這樣灑光了。

我和刑玉陽目光交會瞬間，他的眼神看似滿喜歡我這個新角色表現，但還是決定要撤退了。

腦海中浮現戴佳琬那驚慌枯槁的身影，還有刑玉陽口中的黑色胎兒，讓我一陣毛骨悚然。我可不想就這麼鳴金收兵。

「嗚——肚子好痛。」我蹲下來耍賴。

「玉蘭！」刑玉陽眞的生氣了。

「刑小姐怎麼了？」吳法師也趨近關切。

「可能是太緊張了，請問廁所在哪？」我虛弱地問。

吳法師朝布簾後指了個方向，看似對這種爭執習以為常，嘆口氣對我們說：「既然家屬有疑慮也不要勉強，天君不會怪罪。」

我將吳法師和刑玉陽扔在神明廳，抱著肚子神色匆匆找廁所去了。

不過是一間大樓住宅，許洛薇到底逛到哪去了？我有點擔心她。不能浪費這次深入敵後的機會，心跳加速地打開廁所門板，馬桶旁邊可能蹲著噁心鬼影，可惜吳法師家的廁所乾淨明亮，每個角落一覽無遺。

摸魚了約十分鐘，我壓下馬桶沖水按鈕，裝模作樣洗完手離開廁所，卻往神明廳的相反方向走，這時最裡面的房間忽然打開，脫下法袍換回一身便服的吳法師走了出來。

他面無表情直直向我前進，那一瞬我有點害怕，男人身上散發著戾氣，我彷彿會被一拳揍倒，多虧柔道的對打經驗，我多多少少感覺得出「敵意」這種看不見的東西。

還好我學過柔道，還好主將學長狠狠地訓練過我，面對一個比我壯也比我高的男人，我還能保持冷靜，對手是主將學長我都敢猛攻了，吳法師沒有主將學長一半強。

我深深吸了口氣，主動露出笑容迎上去，吳法師果然微愣停下腳步，收斂敵意警戒地看著我。

「刑小姐，不好意思裡面不對外開放。」

「我只是想找師父替我哥道歉，他就是很鐵齒，當面講我怕我哥又生氣。」

「不用放在心上，這裡常常遇到那種人，只能說令兄和天君無緣了。」聽了我這句賠罪，吳法師的表情又柔和了一分，自從刑玉陽表現得像個混蛋無神主義者，吳法師大概覺得他沒什麼威脅，提起我那便宜哥哥的口氣也帶著點不以為然。

目前至少能確定一件事，吳法師絕對不是個正派的修行人，也許他作法時將慈眉善目演得入木三分，但脫下法袍後根本沒有一星半點慈悲為懷的氣質，只能說法師是他的職業。

問題是，這個人到底有沒有職業道德？

「師父，剛才那符水可不可以再給我一碗，我真的很怕回去又被鬼害了，我就在這裡等你，別讓我哥看到好嗎？」我發自內心拜託他。

我真的很想試試那碗符水。

吳法師有點意外地看著我，末了還是依了我的要求。

我當他的面將那碗符水一飲而盡，把瓷碗還給他，鞠躬道謝後才和刑玉陽在中年工作人員的護送下離開。

進到電梯後我大叫一聲：「東西落在吳法師那裡了！」我匆匆按停，又往回走。

「妳落了什麼？」

我看了看身邊的空氣，刑玉陽會意，凝神望過來，我透過墨鏡鏡片發現他一邊眼睛眸色變淡，真的要很仔細觀察才能發現他正在使用白眼。確認許洛薇沒跟上來，他低聲問我怎麼回事。

「我去問問看。」於是我光明正大走回吳法師的私人道場按門鈴。

來應門的是同一個工作人員，看來整個道場只有吳法師和那名中年人進駐。我說明去而復返的原因，他請我在玄關等著，替我去取忘在廁所洗手台的手錶。

——許洛薇妳這傢伙到底在哪裡？我們要回去了！

我在心中默唸。

我不敢冒險讓她流落在外找不到回家的路，只要許洛薇出門一定是跟著我，至少也會是我放心的熟人如主將學長。

如果許洛薇能感覺到我有危險，我的催促她應該聽得見。

該死的，快出來！許洛薇。我又在心裡喊叫了一次。

中年人將手錶還給我，我只好先執行另一項戰略，從大包包裡拿出紅包袋遞給他。

「朋友說茶水費的禮數一定要有，我我我有把從小到大的壓歲錢都存起來，下次我會自己來這裡，可以再請吳師父幫忙嗎？」我小心翼翼地詢問那個沉默寡言的工作人員。

他點點頭，我趕緊告辭。

大門關起，我一轉身，許洛薇已經站在走廊上，表情有些玄妙，我迫不及待拉她走逃生梯，順便逼問她爲何花那麼多時間搜查，沒和我們一起離開。

「我本來想萬一遇到邪靈，打得過就直接幹掉，結果那神棍家空空的。」許洛薇說。

自從幹掉三十幾隻鬼，連我的冤親債主她也可以殺，只是還不知如何收尾才放那老鬼一馬，許洛薇已經完全自封爲小BOSS。

「我也沒在神明廳看見有鬼，當然也沒有神。」

「妳阿呆喔？如果有人要來查我，是我也會躲好不好？我還跑到頂樓和地下室檢查，是有遇到幾隻孤魂野鬼，但他們看到我跑得跟飛一樣，剛剛就是在追他們，結果也沒能追上問點情報。」許洛薇很失望。

當小BOSS的代價是，許洛薇雖然不像剛離開墜樓點那時動不動就陷入地面，行動依舊很不敏捷，她在外面走路就像穿著灌滿水的雨靴。

「看到哪些有價值的情報沒？」

「我又不能打開櫃子，噢，房間裡有一張很大的床和蕾絲枕頭，床單是紫色，有點變態。」

「沒有更有用的嗎？」

許洛薇對我彎起嘴角，搖搖手指道：「有～厲害的我當然有發現關鍵情報！那個神棍看不見我，根本就沒陰陽眼！」

「不過妳怎麼確定他真的看不見？刑玉陽也會裝呀？」

「他換衣服時我就站在旁邊，哼，沒想到一個大叔神棍居然也有六塊腹肌。」

知道許洛薇最後拖拖拉拉才出來的真相，我嚴重無言，默默感覺胃像扭毛巾那樣抽搐著。

「變態的是妳吧？髒透了！許洛薇，妳給我去當仙人掌反省，暫時不要跟我說話。」

「去！我才沒有那麼飢不擇食，我不容許美麗的腹肌出現在壞人身上，你們一定要給我打垮那個神棍。上上下下跑半天累死了。」許洛薇說完溜回我包包裡的盆栽休息去了。

根據我旁觀她痴迷腹肌整整四年不堪回首的經驗，這句話有百分之六十是假的。

刑玉陽在一樓電梯入口外等我，見我從另一邊逃生門出來，第一句話就是問我為何不搭電梯？

「自從確定有鬼以後，我就不想待在沒辦法逃跑的密閉空間裡，就算許洛薇會罩我也一樣。」其實我還是很怕鬼，只是不怕許洛薇，還有對那個想害死我的冤親債主怒氣超過了恐懼而已。

刑玉陽似乎想起不好的回憶，微微頷首頗能理解，但他現在不怕鬼也能自己搭電梯，這一點讓我有點嫉妒。

離開那處社區後，刑玉陽開始秋後算帳。「妳私自變動計畫，萬一出事怎麼辦？」

「但是我真的演不出來很愛男朋友的感覺。」我坦白招認。

「妳不會想像嗎？」他不斷責備我，我的耐性也迅速萎縮。

「假設我有男朋友，他不喜歡我了，那我也不屑喜歡他；如果他劈腿，我會先揍他一頓再分手，挽回個屁！」

「好，我懂妳真的沒交過男朋友。」刑玉陽不知為何放棄探討這個問題了，我也覺得這部分很無聊。

「真被妳氣死，蘇小艾，妳哪來這麼多鬼主意？」

「你都說是鬼主意了，薇薇也有幫我想一些。」我在他罵出下一句前趕緊報告許洛薇入室調查的結果，並表示我沒在那吳法師的廳堂或廁所發現任何鬼影，當然我省略了喝符水的橋段。

「我也沒看見有非人活動的跡象。」刑玉陽說。

綜合三方證言，我做出總結：「因此那處道場裡沒有神明也沒有鬼，表示吳法師是假神棍囉？」

刑玉陽迅速否定我的答案：「不，大樓沒有地基主和門神把守，平常不可能那麼乾淨，我認為有某種東西，只是躲起來了。就像昨天妳朋友附在貓身上，體積就變小了，而且更難認。鬼可以改變大小躲避我們這種眼睛看得到的人。」

他居然能從上次見面時許洛薇短暫的暴露推斷出這種可能，這個學長腦袋好像很聰明，我默默把敵人會縮小躲進冰箱縫這點列入將來防禦冤親債主的重點。

「欸，許洛薇也這麼說。」

「或許是看見厲鬼出現才躲起來。總之，我很在意吳法師，這人問題不小，如果只是假神棍，他要怎麼造成戴佳琬身上邪門的傷害？」

「所以我才覺得學長你們只想用一次交手來判斷吳法師的眞假絕對不夠，等等……」我說到一半忽然感覺不對勁，好像遺漏了什麼。主將學長和刑玉陽都不是那種會理所當然找我去臥底且莽撞測試神棍的戲劇性人物，但他們這次卻很乾脆地行動了，就算戴佳琬的情況令人同情，主將學長還是不會爲了伸張正義拉一個局外人進場。這是我的直覺。

刑玉陽我不熟，但主將學長基本上還是有常識的男人，如果連他都急了，肯定還有其他原因。

我看著他，刑玉陽取下墨鏡，沉沉回望。

「你說過情況不會更糟，沒辦法取消預約，眞正的意思是時間不夠了，對嗎？」

「我本來想今天的事情結束就把妳趕回去，妳攪和進來沒好處。」

可能身爲女生還是對這種日期比較敏感，我馬上就想到癥結點了。

「戴佳琬兩個月前來找你，表示她更早就知道自己懷孕了，可是懷孕三個月就不能墮胎了，她又把嬰兒當成男友轉世不願放棄。還剩多少行動時間？」之後我們就得做好戴佳琬把那個怪嬰生下來的心理準備，我覺得主將學長和刑玉陽已經完全不知如何是好。

「大概一個禮拜，最多不超過兩個禮拜，胎兒已經要成形了，就算她後來清醒改變主意，引產對母體負擔更大。」刑玉陽認爲，讓學妹看見胎兒變得完整一定更不忍心拿掉。

「所以我們才要更積極找出吳法師的犯罪證據，至少讓戴佳琬相信她肚子裡的胎兒不是男友，我才給他設個套的。」我興沖沖地強調。

「要是能騙到一個神棍，表示妳也很有神棍的資質。」

「嘿嘿……」

「這不是誇獎。」

「只要有看新聞都知道用處女釣神棍上鉤……應該說釣意圖不軌的男人上鉤鐵定比用有男友的女生要有效，重點在要讓目標覺得我很好騙。」

「妳怎麼能夠把那個字就這樣說出來。」刑玉陽不敢置信地瞪著我。

我懷疑戴佳琬的痴情無知讓學長們對女孩子產生錯誤理解。搞不懂這些男生，平常黃腔一段段沒完沒了，有時隨便說個處女，對方卻扭扭捏捏起來，好像這個名詞長了刺，戳到他們某個點似的。

不過我倒是沒聽過主將學長或刑玉陽開黃腔，拿社團男生和他們比較好像不太準。

「女人可是從幼稚園就開始暴露在社會的惡意下，頂著性暴力恐嚇威脅長大，就算良家婦女也不會聽到處女這個字眼就臉紅好嗎？這不表示她們很開放，而是知道要警戒什麼。刑玉陽，反而你遇到小白花得小心一點，那太不合實際了。」我不是清新小雛菊，是粉塵空污下的大花咸豐草，眞是對不起啦！

那張戴著墨鏡的白皙俊臉開始冒出殺氣了，我見好就收，趕緊拉回正題：「現在吳法師已經相信我，他只要一有動作，我和許洛薇就能逮住他。我過兩天會再預約一次，那次你就不要跟進去，咱們裡應外合。」

「憑什麼確定他相信妳？啊，妳嘴角符紙灰沒擦乾淨。」

刑玉陽天外飛來一筆提醒，並摸了摸自己的嘴角示意。我下意識跟著檢查嘴邊，一回神看見他烏雲密布的臉。

慘了！

「我剛剛才說過妳有神棍的資質，剛好我這個人最擅長找神棍的麻煩。」刑玉陽拉長聲音，一字一字威脅我的耳朵。

我搓搓指腹，根本沒有紙灰殘留，這白目學長好奸詐！居然偷偷拐我？

一隻大手冷酷地按住我的頭，五指就像夾娃娃機，九陰白骨爪？

「蘇——小——艾——妳到底給我做了哪些蠢事？」

眞佩服刑玉陽的自制能力，他眼神好像很怒，臉上卻沒啥表情，惹到他的人可得小心，以爲踩進水窪，底下卻是岩漿。

我雖然有主將學長這道免死金牌，非到萬不得已也不敢請出來用。

「我就是喝了吳法師的符水不行嗎？」我學許洛薇耍賴，這件事我有自己的想法，他只是個透過主將學長這層關係勉強可說和我有同校之緣的陌生人，說到底也沒大我幾歲又處不來，我幹嘛要聽刑玉陽的指揮？

「當然不行！」他沉聲。

我猛然後退擺出備戰動作。

第二次見面就對我動手動腳，我不知他是怎麼想的，以爲主將學長這樣做他也可以？就算他人不壞，但不表示我可以讓他隨便摸啊！雖然看動作就知道被當成和小花一樣的無害生物，重點是我討厭被不信任的對象碰到。

「現在馬上吐出來。」刑玉陽命令。

「不要。」

他不再跟我糾纏不清，瞬間衝上來，我大吃一驚，下意識探手去抓他衣襟，搞了半天我是要和刑玉陽打嗎？

手被輕輕擋住，眞的是很輕柔的接招，但我整個人被牽引出去，根本不知道發生什麼事他就到了我後面，手指貼著我的下顎；下一秒一股難以反抗的力量就讓我的頭差點和地面親吻，重心完全被破壞，我狼狽地用雙手撐著地，無法反擊。

他保持著控制我的動作威脅：「快點吐，還是要我替妳催吐？」

亂七八糟地掙開他，他也沒有繼續壓著我，顯然只是爲了給我一個警告。我後來才知道刑玉陽手下留情，這是合氣道高手在實戰時經常使用的入身摔，他動作才完成了一半就停下來，要是眞的被他摔出去，腳下是柏油路，就算我會受身可能也無法安全下莊。

瞬間移動！作弊！

「這是我給自己的試煉！之前講過叫你不要插手了！」我怒叫。

「一個沒有靈能力的神棍如何控制女人和那麼多信徒？妳沒想過他可能會在符水裡面摻藥？妳想染上毒癮？」刑玉陽質問。

我考慮的是另一個方向，但刑玉陽冷不丁提出這個可能我還是抖了下，不想承認他的疑慮有道理，硬是反駁：「那又怎樣？毒癮才不會那麼好染，再說，如此一來我本人不就是會走路的犯罪證據了嗎？這樣就能救下戴佳琬，還算値得。」

「妳想的妙計就是這個？成爲受害者然後親自舉證？」

「再怎麼樣都比你們不痛不癢的試探有用。又不是演電影，下一幕反派就會白痴地露出馬腳。吳法師會選十拿九穩的軟弱獵物，把犯罪證據藏得好好的，你們兩個男人絕對沒辦法讓他放鬆戒備，我們想成功就要用眞餌。」我說。

既然我們之中沒一個是呼風喚雨的高人，面對神棍爲惡實際能做的不過就是像狗仔記者一樣潛入蒐證而已。

「那是原則！不能把無辜的人賠進去。妳爲了正義就什麼都不顧了嗎？」刑玉陽居高臨下瞪我，我討厭那種說教的口氣。

「我沒有爛好人到那種程度。」我斷然否認。這是眞的，自從我必須仰賴許洛薇一家的施捨贈與活下來，我就深深理解幫助別人是種奢侈，因爲我連自己都快救不了，唯一能做的就是盡量不要浪費社會資源。

我和地震捐款或認養孤兒這些善事無緣，這不表示我會見死不救，時機到來，能力所及，自然有我出手的時候。在這之前，我容許自己自私地只爲活下來努力，倘若連我都不放過自己，我一定撐不下去。

「但如果我說是爲了活命、爲了贏呢？喝一碗符水已經是小兒科了！」我握緊拳頭。

「什麼意思？」

不在這裡說清楚不行了，刑玉陽一隻眼睛能看見異物，靈異領域經驗並非新手的我比得上，他遲早會對我的內幕窮追猛打，只是目前戴佳琬的事更緊急而已。

主將學長說過，戰鬥中必須採取主動，方才的教訓已經讓我明白，萬一刑玉陽先手攻擊，我簡直任他宰割，屆時不知他會用何種手段來調查我與許洛薇的關係。

我撲上去抓住他的前襟用力往下扯，這次他沒閃開，等著聽我的說法。

「你有過一張開眼睛，雙腳就站在頂樓邊緣的經驗嗎？那就是冤親債主和我打招呼的方式。我想要免疫力，如果我能通過一些考驗，比如說不被那碗符水影響，拆穿吳法師的害人伎倆，我就有勇氣和那個冤親債主打下去。」

「所以妳被嚴重且徹底地操控過？」刑玉陽接口又問。

「你抓錯重點了，我是說……」我還來不及解釋，又被他扣住左腕，一陣劇痛傳遍整條手臂，趕緊鬆手跳離他兩步遠。

這傢伙是水母嗎？隨便碰一下都好痛。我恨關節技。

刑玉陽視線掃過我的小腹。

「先跟你講我吐不出來。」我想他還是沒臉做出揍我肚子或把手指伸進我喉嚨裡的惡行。

「沒錯，我明白了，給我閉嘴。我會親自送妳回家，在火車上就能確定那碗符水裡到底有沒有下藥，如果沒有毒品發作跡象，就得考慮對手使用邪術的可能性。」他冷著臉，不由分說拖著我去車站。

在火車上，我們大眼瞪小眼。好吧，是我偶爾會去看他映在車窗裡的墨鏡倒影，大概是被他這麼一恐嚇，外加腎上腺素消退的疲軟，我有些洩氣和消化不良，渾身悶悶的，不想說話，和嗨翻天的吸毒反應差很多。

我把許洛薇附身的小仙人掌拿在手裡，希望能得到一點勇氣。

許洛薇這色女知道能看見她的刑玉陽就在旁邊，立刻現實地裝死。雖然號稱厲鬼，但她連蟑螂都要我去打，我能怎麼辦？

我們在只有一個月台的鄉下車站下車，騎著各自的機車，刑玉陽按照約定護送我回家，雙雙抵達許洛薇的老房子時已經天黑了。

「比我想像中的還大。」他若有所思打量在院子裡啄地的老母雞，我養的雞隻在暮色中像是幾片會動的剪影。

「只是借住朋友家啦！」我尷尬得恨不得他立刻發動機車走人。

「妳破壞我們的行動協定，晚點會有後續安全措施下來，乖乖配合。」

我終於意識到，在刑玉陽這個飄忽莫測的男人面前脫隊單P還和他嗆聲是件多麼危險的事。「不要告訴主將學長，他一定會罵我！」

他咧開嘴，我好像看見一頭狼正在笑。

「妳覺得我有可能不說嗎？」

「非得要這樣？」明知沒用，我還是又確認了一次。

「不這麼做的話，有麻煩的是我吧？」

我還在思考這句話的含義，刑玉陽已乾脆地離開，回他的咖啡館打理生意。

□

大約晚上七點，主將學長來電話了。

我在連串「對不起」和「好好好」之後開始房間整頓工程，許洛薇則在一旁不停吹口哨。

「要和腹肌黑帶二十四小時視訊連線，喔喔喔耶耶耶！小艾，妳一定要拿一件內衣掛在櫃子上看他的反應！」

紅衣女鬼擺腰扭臀的畫面爲何如此讓人上火呢？我立刻硬了，拳頭。

「去妳的！我的內衣從來不會亂掛，那是妳才會！還有學長要我把筆電鏡頭向著房間門，他只是要確認我進出房間的行為是否異常，我還是有隱私的！」

「那就掛在門板上嘛！」許洛薇堅持她的內衣調戲。

事情是這樣的，刑玉陽說到做到，向主將學長報告小艾同志脫稿演出，喝了碗符水，還和吳法師約好私下聯絡，又被刑玉陽問出小艾同志曾被鬼附身差點做出危險行為，最後他們認為應該為我做好人身安全把關。

當然，由不熟的刑玉陽來監視我實在太過了，這個不二人選只能是主將學長，他如果在家就是用電腦雙邊視訊，好減輕我被監視的不適感，希望我將這件事當成輕鬆聊天，開著電腦去做自己的事也行。

主將學長上班時則會用手機連線我的視窗，只是不會給出回應，頂多匆匆一瞥確保我沒事，但他會開著電腦側錄，回家有空再檢查錄影記錄中的我有無出現異常，畢竟當事人可能沒有自覺。

一旦他認為我不對勁，就會立刻叫住在附近的刑玉陽過來敲門。

不信邪的主將學長都為我破例了，我也只能捨命陪君子。

壓力好大。

「太浪費了，小艾，這麼有趣的事情！」許洛薇唯恐天下不亂。「要是有帥哥警察願意監視我，我一定要穿著浴衣，然後……」

「然後就沒有殺手學弟的新照片了。」我冷哼。

自從上次我請殺手學弟拍給許洛薇的誘餌照片後，他三不五時就會傳自拍照給我，就算我再三表明不需要，他還是樂此不疲。不過我還是存下來當作不時之需使喚許洛薇的貨幣，就連道士役鬼也是得囤符紙不是嗎？

「開個玩笑咩！小氣鬼。」

我將肥皂水提上二樓，開始用長柄拖把擦牆壁，又用抹布將房門清潔了一次，主將學長視野內的一級戰區必須一乾二淨。

本來想拖到過年前再大掃除的，嘖！

我忙到腰痠背痛，又將書桌調換方向，將筆記型電腦擺在適當位置，確保背景連房門也照進去。其實我原先的桌椅擺設，人是面朝房門，因爲背對房門這個角度有點噁心。

想想，視訊到一半，對方忽然提醒你後面有黑影，還不如不知道算了。

搞定前置作業後早已飢腸轆轆，主將學長在這時來電話確認進度，我們又手忙腳亂弄了快一小時，畢竟我從來沒有和人視訊的經驗。

當主將學長剛毅嚴肅的臉孔出現在視窗裡，我第一個反應是落荒而逃。

「小艾，記得整點回報，我去洗澡了。」

「No problem,Sir.」

主將學長暫時離開電腦前面，我仍癱在椅子上不想動，腦袋空空的，我好像不小心開啟了一扇不得了的新世界大門。

一轉頭，許洛薇偷偷從門縫後探出半張臉，吃吃地笑著。

我正要揚聲呵斥許洛薇別那麼猥褻，千鈞一髮想起不能在主將學長的監控範圍內暴露許洛薇的存在，硬是忍下來，若無其事地拿起衣服也去洗澡。

小心地關上房門，示意許洛薇跟我往浴室走。

我一個轉身將她壁咚在浴室門口的牆壁上，許洛薇愣住。

「主將學長又看不到妳，妳要進來就進來，自然點，不要害我露出馬腳，反正在房間裡不要跟我說話。」她鬼鬼祟祟才害我緊張。

「妳這樣害我很沒勁耶！哪有人壁咚鬼的啊！」許洛薇嘟起嘴。

「妳也知道自己是鬼，就快點提升飛簷走壁的穿牆技能，一百公尺跑三十五秒，叫妳抓個孤魂野鬼拷問都抓不到。我們下次出動就要逮住吳法師的小辮子了，瞭嗎？」

「靠！妳不懂我有多辛苦！」

「妳不是玩得很開心？我也去洗澡了。」我翻了個白眼。

「晚餐呢？看這時間都該吃宵夜了。」

「等下再煮，我要想事情。妳爲什麼不點香就好？」

「那種味道比過期乾糧還難吃又嗆！」許洛薇用雙手在胸口比了個大叉。

「妳會不會就是一直吸五穀葷腥味道，身體才那麼重，濁氣呀！」我對她搖頭。

「誰理妳，反正我現在不怕胖了，誰叫我減肥我揍他！」許洛薇齜牙咧嘴，不過沒變身前只顯得可愛。

我懶得和她糾纏，走進浴室。

Chapter 06 / 誘惑之夢

我將蓮蓬頭冷水開到最大，想像正在瀑布下灌頂修行。

我從來沒想過，有天和主將學長會變成互相觀察對方房間擺設和私生活的交情。

事情眞的發生了，還讓人措手不及。

倘若沒碰上冤親債主，我再怎麼樣也不可能答應這種緊迫盯人的要求，但當你有曾張開眼睛就差點要跳樓的經驗，或許就能理解。我不斷想著，如果那天在我摔車地點到學校頂樓途中有人攔住我，將我一巴掌打醒，我一定會抱著他的大腿痛哭流涕。

貌似也沒有比主將學長更讓我安心的哨兵了。

仔細想想我們認識將近六年，一直都不是特別熟稔，但也透過柔道社累積了革命情感，那段日子眞的很特別。

照理說，主將學長的高壓軍事化帶社團風格不太可能在台灣校園生存，每學期也的確嚇跑不少新人，然而不是一家人不入一家門，我入社前兩年留下的社員都是和他臭味相投的武道狂，柔道社便這麼風雨飄搖地茁壯了。

神奇的是，這些跟隨主將學長南北征戰的學長姊均顏値超標、身材又好，這個世界果然還是看長相的啊！陸陸續續有新社員被美色所誤掉進柔道社這個坑，有些人個性堅毅追求另類挑戰，有的則因爲男女朋友關係被迫Cosplay神鵰俠侶，社團大致保留著熱鬧的氣氛。

會想留下來或偶爾來玩的人一致同意，主將學長人望眞的很高。他態度雖嚴格，私下卻會照顧受到挫折的後輩情緒，讓大家都有士爲知己者死的熱血。不過主將學長也曾安慰失戀學弟，兩人夜衝到海邊喝啤酒肩靠肩，導致學弟太感動最後對他告白，這種事就別提了。

我想說的是，主將學長對我們都像家人一樣，這才是我不會對他感到曖昧的眞正原因。自從父母死後，我無數次幻想主將學長可以變成我的哥哥（雖然這個兄長有點專制），又對自己這種妄想感到羞恥，只好勤跑社團悶頭練習。

「最信任的學妹……」我在水柱下喃喃自語。

坦白說這個高度評價讓我很意外，如果是指柔道社裡最信任的學妹我還能理解，隔了四年後才在古怪神棍事件發生時當面這樣說，我的人格何時鍍金、主將學長眞的這麼想？

冷水沖太久，起雞皮疙瘩了。

我擦乾身體，開始穿衣服，往架子上摸了半天沒摸到想要的裝備，暗叫不好。

忘了拿內衣了，本來都是女生沒事在家就不會穿內衣，許洛薇還經常只包一條浴巾到處走來走去。

「小艾，妳幹嘛不上去吹頭髮？」許洛薇在看電視。

「我先穿外套。」我帶著額角黑線。

「忘記拿內衣喔？」許洛薇哼笑，一眼就看穿我的失誤。

所以說，就是這種在家還要繃緊神經的感覺不好受。

我頭上披著毛巾，磨磨蹭蹭開門，瞬移過書桌前，拿起放在床頭的吹風機，打算到樓下吹頭髮。

手機立刻響起，聽到那音樂就知道是主將學長找我，他一定是在視訊裡覺得哪裡不滿意了。

「妳剛剛離開時沒報備，進來也沒報備，然後又要出去。」主將學長嚴肅地數落。

「我……我忘了。剛剛只是去洗澡，怕吵到學長，打算去樓下吹頭髮。這也要報備？」我只好帶著還在滴水的頭髮坐到筆電前解釋。

「我們的約定是進出房門都要到鏡頭前留下記錄，我不會在其他地方監視妳，所以必須有個判斷異常的明確規則。另外妳在房間的時候弄點聲音，最好連耳機都能收到，這樣我也比較安心。」

「好，抱歉麻煩學長了。」我還是不敢在他面前吹頭髮，躲到床上用最快速度搞定。

實在是太緊張了，雖然主將學長公平地開了攝影機讓我也能看見他的房間，但我毫無印象，腦海中只剩一片雪花。結果沒幫許洛薇煮宵夜，我自己餓歸餓，卻是食慾全無。

和主將學長視訊的衝擊似乎比我想像的還大。

我開了一包十元營養口糧，平常很討厭吃這種淡而無味的應急食物，胡亂塞了幾片壓下飢火便罷，有時這種單調的味道也挺讓人安心的。

一小時後，我的網路成癮症發作了。

想到主將學長會將我看影片文章漫畫的反應收入眼中，我就冒出剁手的衝動，根本看不下去。

決定了！明天就和許洛薇借她的桌機，在房間裡另外找地方放電腦，只要能避開鏡頭就好，反正主將學長只檢查我進出房間的狀態。

我彆扭地坐到螢幕前，這次總算看清楚了，穿著灰色短袖T恤的主將學長正在讀一本厚厚的書，又一幅令人驚嚇的畫面。

「學長，你在看什麼書？」我小心翼翼問。

「三等特考的參考書。」

「當警察還要考試喔？」

「想升警官就要。」

「因爲基層太辛苦嗎？」我同情地問。

「辛苦是辛苦，主要是我太常被叫去支援偵查隊和刑警大隊了，巡邏時還特別容易遇到通緝犯和強盜，不只一個長官叫我乾脆先去考過三等和練好射擊，他們警局內部甄選時可以推薦我去。」

我也覺得以主將學長的能力不查案緝凶太浪費了，不過他好像沒有很堅持非得當刑警不可。

「薪水倒是能增加，有機會試試也好。」主將學長又翻過一頁，眼也不抬地說。

不愧是主將學長，想法就是這麼務實。

他沒問我未來計畫，我很感激這一點。

「學長，你們要監督我的安全多久？」

「不知道。至少也得先觀察一個禮拜。」

「要那麼久嗎？」我囧。

「若沒逮住吳法師，多久都不安全。我媽媽正在打聽擅長驅邪的宮廟，這方面我不懂，等有消息出來我會帶妳去一趟，民俗療法也是一種參考，我不希望妳變成第二個戴佳琬。」主將學長在螢幕彼方仍舊一臉鎮定且不允許反對意見。

等等，我可不想把許洛薇驅掉，再說，我總覺得找宮廟是治標不治本，畢竟神明如果眞的靈驗，爲何不直接把亂搞謀殺的冤親債主抓走？網路上也提到許多宮廟神明頂多只是分靈而已，能力有限。

結論是至少得搞定吳法師，外加我到主將學長母親認可的宮廟驅邪成功後，他才能撤除對我的戒嚴狀態。

「那我這兩天繼續找戴佳琬談談，若是再沒有收穫，我就要和吳法師敲定下次見面的時間了。」他們不知該怎麼對付吳法師，又不想再對我下指令，我只能主動提議。

主將學長露出非常勉強的表情道：「一定得有阿刑陪同，我會盯著妳，不許再自作主張。」

「好。」我也苦著臉回答。

我忍不住懷疑刑玉陽的咖啡館三天兩頭歇業到底多快會倒閉？眞是昂貴的興趣，人家夠瀟灑，我無話可說。

「學妹……」主將學長欲言又止。

「什麼事？」

「這件事結束我會補償妳，儘管放心。」

「不用啦！」我連忙拒絕。他在擔心我的經濟狀況！

主將學長靜靜看了我一會兒，我隨手摸來一本許洛薇的漫畫躲避和他目光相交。

「還是連以前的份一起補償吧！不然一想到妳，我就過意不去。」

「聽不懂。」

「以前利用過妳，一直覺得不好意思。」

「有這種事嗎？」

「明明是沒練過柔道的小女生，不須要那麼嚴格也可以，但既然妳沒放棄，我就想，說不定能利用妳帶起士氣，果然很有效。一個剛入門的新人學妹都沒求饒，身爲男生還被妳比下去就沒臉見人了。」他摸著下巴說。

其實我早在心裡向教練還有學長們跪地求饒無數次了，只是不知怎地，就是做不到和其他嬌滴滴新人女生一樣要求放水，當然之後熟了就會夥同其他較調皮的社員耍賴一下，但若主將學長不買帳我們還是會乖乖挑戰體能極限。

「學長的意思是，你利用我去刺激社員奮發向上，這樣不好嗎？」我還是搞不懂他爲啥要對我感到抱歉。

「有時候的確特別針對妳嚴格了一點……」

「可是學長又不會罵我，只是一直叫我做動作然後修正細節而已，我還以爲你常常優待我，教學很細膩耶，其他黑帶都比較不喜歡教人。」其實我最喜歡的就是主將學長不分男女的魔鬼作風，但我不知道他居然會反省這一點。

主將學長是那種只要你夠認眞學習，他就會更認眞幫你修正錯誤的好前輩，因此在柔道技巧上犯再多錯都不會罵人，但我們若划水聊天就等著被叮得滿頭包。練柔道尤其忌諱分神，容易受傷。

「不想學的人我也懶得教。我說的利用包括派妳去幹掉一些對練時不專心的老手，讓他們體驗不該失分卻失分的情形，得先把妳操到有一定實力才能趁虛而入，但刺激他們認眞起來攻擊時，妳又要承受一些令人不快的失敗。讓一個新人女生承擔這些，我還是有些良心不安。」

「可是我覺得很有成就感，雖然打不贏，至少有弄過對方。」我又不是武道狂，就算一直輸也無所謂。假動作掃腳讓自以爲游刃有餘的黑帶學長不穩跌倒、壓制到手不過最後被逃脫，這些小彩蛋就夠讓我開心很久了。

經過一番懇談，我發現主將學長個性比想像中要細膩很多，他也確認我沒有因爲當年的虐待特訓偷偷懷恨在心，算是清除了某些陳年疙瘩。

看我這些年都留在柔道社，主將學長應該明白我不是會埋怨他的個性，不如說很崇拜，搞不懂他怎麼還會介意從前不夠憐香惜玉？

「這些話當面我也說不出口，也許這時候說剛剛好。」

「我很感謝學長幫我訓練出健康強壯的身體，做粗重工作也不怕沒力氣。」我誠心誠意對他道謝，尤其是失業的這兩年，什麼打工都得做，要是身體不夠粗勇，我還眞撐不下去。

聽我這樣說，他嘴角微勾，表情有點複雜。

「小艾，那是因爲妳說過，妳只能靠自己活下去了，進柔道社是想磨練。」

「啊，大一放寒假前那次聊天，學長還記得喔？」我被他一提才想起來，那是我和主將學長在關門的社辦前第一次單獨對話。

「印象深刻。」

寒假大家都準備回老家過年，但我第一時間就申請了留宿，還得把物品搬到宿舍其他臨時房間和別的留宿生一起住。當時覺得有點無聊，於是問主將學長能否借我社團鑰匙自主練習。

也要回家的主將學長愣住，問我放假怎麼不回去和家人團聚。我只能簡單告訴他，我的父母皆已去世，因債務問題我拋棄繼承，也沒有親戚可以投靠，已經借好學貸，我來讀大學就是一路駐紮在學校直到畢業，徹底的孤家寡人。

學長問我父母有無遺留保險金幫忙？我回答他們連保單都拿去抵押了，所以拿不到保險金，索性懶得想太多。

從上面那段對話可以看出主將學長和我都不是煽情的人，他馬上在意的是我的生活過不過得去，我則告訴他目前安排還算可行。

反正認識別人難免會被問起家庭背景，我沒打算隱瞞或說得多催淚，只是把爲何和其他大學生過著不同生活的原因持平地告訴主將學長。

主將學長又問我爲何要進柔道社？我不敢承認是爲了替許洛薇探查腹肌情報，於是藉口說想磨練變強，這個熱血的答案正對主將學長胃口。

他請女友找了一個不同運動社團但打算留校的學姊陪我練習，讓我上大學的第一個寒假意外地沒那麼孤獨，這件事也讓主將學長的跆拳道女友注意到我，學長沒打電話來查勤，倒是她好幾次打來關心我這學妹在學校過寒假是否安全無虞。

只能說主將學長做事很縝密周到，更不會落人口實，跆拳道學姊觀察了幾次便將我列入安全名單，還招攬我當她的柔道社眼線。

回到當下，我不知道神棍事件導致和兩個學長拉近距離是否算好事，但我們現在必須團結一致才能避免更多損失。問題來了，彼此了解有限，無法完全坦承。

就連理應最熟的主將學長，我也是這兩天才知道他似乎很喜歡貓狗等小動物，有個叫刑玉陽的怪朋友，並且非常信任對方。

「小艾，妳在想什麼？」

我大概當機得有點久，主將學長還想繼續聊下去的樣子。

「我在想刑玉陽學長。」

「為何要想他？」

刑玉陽幫我隱瞞了主將學長許洛薇和冤親債主的事，到底是因爲不想讓純麻瓜的主將學長捲入更多靈異事件，還是另有圖謀？總不會是覺得我和許洛薇很可愛。首先我一點都不可愛，此外許洛薇在他的白眼裡解析度和紅綠燈小綠人差不多。

「覺得這傢伙滿神奇的。」我隨口應付。

「嗯，不少人都說他很怪。」

「學長之前有和他一起去處理過這種超自然案件嗎？」

視窗裡的主將學長拿起馬克杯喝了口，看不出他在喝何種飲料，只見三角肌和肱二頭肌伸展出優美的線條，杯子被他以一種輕柔動線放回桌面，肌肉完全沒有多餘的用力，不知是否武術高手都有這種不疾不徐的姿態？彷彿隨時都能從椅子上迅速挪動身體，撂倒闖進房間的歹徒。之前評論主將學長發胖對他來說實在是不太公平。

其實我練柔道最羨慕的並不是摔翻天的強人，而是想要他們這種不經意流露出的穩定自在。

「這是第一次，阿刑通常跟著其他朋友研究這類怪力亂神，但最近幾個月他另一邊的友人似乎忙得抽不開身，也不讓他插手，他只告訴我這麼多。戴佳琬則是剛好有這層直屬學長學妹的關係，難得直接遇到當事人，他也是過了一個多月還束手無策才先找我幫忙。」

我們又聊了一會兒，我終於忍不住飢餓去廚房蒸兩顆包子，其實不斷說話只是想快點適應主將學長在房間裡的存在感，說不定對方也這麼認爲。

「我是小艾，現在是晚間十一點，準備換睡衣就寢，安全回報結束。」

「晚安。」

□

探望完戴佳琬，她還是沒有墮胎的意思，仍恐懼某種怪物會找上她，我覺得她比前天還要不可理喻。

她對著我尖叫吐口水，說我又臭又噁心，看來我也成了那些妨礙她保護男朋友投胎轉世的敵人之一。

刑玉陽堅持來許洛薇的老房子接我，我只能坐他的老野狼後座，由他載去精神病院勸說戴佳琬，再被動讓他接送回家。如果辦得到，他大概會用視線雷射在我背上刺「亂跑者死」四個字。

若不是卡著戴佳琬的黑色胎兒一天天長大，時間壓力迫在眉睫，其實不該用這麼短的時間來調查吳法師的事，也不該是我們這些沒有專業能力的人來處理，但戴佳琬事件微妙地卡在一處曖昧的畸零地。

沒有證據和原告，公權力不會介入調查，失望憤怒的家人拋棄行爲不檢的女兒；專業修道者貌似看不上眼這樁沒鬧出人命的詐欺事件，或機緣不夠沒有出現；敵人狡詐萬分不會輕易露餡；受害者本人心神喪失無法自救，支持系統全面崩潰，幸好還有個傲嬌的畢業學長伸出援手，但也能力有限。

若是按照正常人的觀點，戴佳琬就是個被壞男人搞大肚子的精神病患，本人不願墮胎，只能等孩子生下來後送孤兒院，戴佳琬則落入社會底層被大眾遺忘。

只是現在至少還有三個人不願放棄，或許再算上戴佳琬的姊姊，四個。但她不抱希望，除非我們能提供強而有力的證據將吳法師一刀斃命。

說實話，挺難的，很多社會案件都是經年累月才由其中一個受害者爆出來，更別提檯面下從來沒被發現的犯罪黑數。戴佳琬這個案件根本妥妥地要石沉大海了。

雖然如此，在病房裡，刑玉陽總是非常專注地觀察戴佳琬的反應，希望能找出任何蛛絲馬跡。

「吳法師固然有問題，但戴佳琬的話也不見得完全可信，畢竟她精神不正常了。」白目學長對我說。

「哪兒奇怪？」

「問題在於，我對這個學妹原本的個性經歷不熟，也不敢說了解女人的心思。」

「你還記恨上次改劇本的事哦？跳過啦！」我趕緊告饒。

刑玉陽哼笑一聲，說出他琢磨良久的不合理處。

「倘若戴佳琬當眞那麼愛男友，不管有什麼理由，她會因此和其他男人發生性行爲嗎？」然後他非常認眞地望過來。

頓時變成女性代表的我噎了噎，吞了下口水答：「因人而異？我就不可能，薇薇也不可能，她連前男友的名字都記不住。」

但我隱隱約約也記得看過不只一樁女人爲了男友被神棍騙財騙色的新聞，或許對某些人而言，爲愛犧牲一切才是合理的。

刑玉陽望著我的眼神滲入一絲鄙夷，大概覺得我們實在太現實了。

「戴佳琬是在男友死後才懷孕，這一點是不爭的事實。她將肚子裡的胎兒當成男友轉世，應當可以推論，當初她和吳法師之間的交易內容可能是『和男友重新在一起』之類，讓神棍有可乘之機，得到一個孩子本身則吻合戴佳琬的期待，胎兒也是吳法師對戴佳琬犯罪的證據，所以我才將吳法師列為犯人。」他說。「目前最大的問題是，戴佳琬無法交代受孕過程的記憶，她肯透露的訊息也不多。」

「你擔心其實戴佳琬懷孕和精神失常與吳法師騙財騙色到頭來是兩個不同事件？比如說，戴佳琬和一個我們都不認識的男人發生關係後，又去找吳法師求助，結果他剛好是神棍，還可能是會邪術的真神棍。」我也試著從現實面推想其他分歧真相的可能性。

在我看來，戴佳琬把胎兒當成男友轉世的理由，很明顯地就是在逃避被性侵或誘姦的痛苦事實。

「男女關係總是有許多出人意表的事實，就這點而言，宗教團體也一樣。」刑玉陽道。

「我覺得你們還是設一個停損點比較好。」我誠心誠意地說。

他又瞪我一眼。

「我和鎮邦都有設停損點，倘若戴佳琬精神狀況沒有好轉，又必須生下小孩，吳法師那邊最終找不出證據，就只能將她交給家屬和社工去處理，這一、兩個星期之內差不多該準備退出。但因爲有人喝了碗符水，打算用危險的方法調查吳法師，我們只好再加注了。」

「我怎知你們這樣想？」以爲學長們走投無路，正喜孜孜還好有我打破僵局，豈料他們打算適可而止，很普通地放棄。

「嘴長在人身上，妳不會問？」他搶在我反駁前繼續說：「當初我們打算親自去吳法師那走一遭，頂多是考量若眞有明顯的神棍跡象便通報給當地警方布線調查而已，戴佳琬的事要完全解開謎底恐怕只是做無用功。更別說法律上人證物證都很難俱全。」

「我要約吳法師見面，你幾時方便掩護我？」

「取決於妳打算用什麼方法和吳法師周旋，不過至少要有一套竊聽錄影裝置，在妳進入室內後讓我能掌握妳的情況，我會去找朋友借器材。」

坦白說，我也還沒想好要怎麼從吳法師那邊找出傷害戴佳琬的證據，若僥倖讓我們弄到有效的犯罪證據，由警方介入審問，一併調查戴佳琬的案件說不定更快起效，結論是我只要專心鎖定吳法師的犯罪事實就好。

「最後一次，之後不許再和那個神棍見面，我們要專心處理妳的善後問題。」刑玉陽將老野狼停在老屋子門口說。

「好啦！」他到底還是不忍心現在就對直屬學妹的事放手。

看來我只能把希望放在許洛薇的捉鬼技術上，再不濟便是當面質問吳法師，看他會不會惱羞成怒露出馬腳。

「明天還是一起去找戴佳琬？」

「想去就去吧！」刑玉陽一副死馬當活馬醫的語氣。

當晚刑玉陽打電話過來告訴我監視器材最快也要四、五天才能借到，要我先別急著和吳法師聯絡，我則想著那碗符水說不定會讓我見到戴佳琬害怕的東西，使得我也心生畏怖、六神無主向吳法師求救。

要嘛假設戴佳琬害怕的怪物眞的存在，就是它還沒找到目標或擅於躲藏，要嘛就是它其實不存在，因爲我和刑玉陽都沒在戴佳琬身邊看見鬼怪，一如在吳法師的道場裡空手而歸。

沒辦法在夜裡對我練習附身，許洛薇只好先練習附在小花身上。許洛薇說鬼這種虛幻存在容易受到附身對象影響，所以野鬼頂多做到「跟」著目標，眞的很凶或有因緣的厲鬼才會挑戰附身，舉例來說，原本對蟑螂怕得要死的玫瑰公主，上身小花後居然覺得蟑螂很好玩。

「妳晚上再不借我身體，我乾脆去附雞算了！」回過神來爪下只剩下半隻蟑螂的許洛薇快崩潰了。

「雞會吃蟲。」我誠實地回答。

許洛薇悲憤地罵了髒話。

「要不妳就待在床上別走到鏡頭前害我被錄進去，不然學長他們會很囉唆。」

「算了，我再看看。其實當貓也挺萌的，下次妳去社團練柔道我就可以跟了。」

許洛薇覺得千辛萬苦附在我身上卻不能下床用電腦太虧了，如果對小花附身，將這部分的力氣投資在生鮮活躍的腹肌上還算有價值，希望殺手學弟也是愛貓一族。

結果我沒在半夜目擊鬼影或被鬼壓床，卻作起了模模糊糊的綺夢。

夢中有個人一直在我身邊，我分不出對方是男是女，只是有種熟悉安心的感覺，一度以爲是許洛薇上來房間看我。我不覺得那是威脅，也分不清楚到底是夢，還是我和許洛薇的同居日常，因此剛開始的兩天並沒有告訴刑玉陽這件事。

直到第三天那個人影摟住了我，不像是女孩子，我只覺得依賴放鬆，甚至湧出一種奇妙的渴望，想敞開身體讓他碰觸。

一闔上眼，身體迅速變沉，數年來的困窘緊迫一湧而上，那些如影隨形的黑色想法，關於錯誤選擇、絕望、放棄、血腥和爲了餬口必須面對的各種屈辱，水面不斷上升，遲早要沒頂。

還沒到山窮水盡的時候，不須要麻煩別人。理智上我一直都很清楚自己還有努力工作的本錢，可我就是活得這麼笨拙辛苦，萬一這些力量用完怎麼辦？難道我眞的可以麻煩別人嗎？

這些問題我也在心裡想了好幾年，答案是，我很可能無法再接受別人的扶持接濟，因爲我已經這麼做過了，我依賴的對象是許洛薇，但她最後原因不明地自殺。

我眞正意識到這件事造成的影響，卻是在兩年後她作爲厲鬼出現，要求對我附身，我毫無排斥地接受了她，只因爲她是許洛薇，我需要她，我欠她的還未償還。

其實我早就陷得比戴佳琬還深了，只是壓力並沒有減輕，我還是時時被現實追趕得喘不過氣。

好人有各自的生活，別把他們拖下水。瞧！刑玉陽爲了不喜歡的直屬學妹可以連續兩個月丟著店裡生意不管，操心神棍調查；主將學長原本只是牽著我來幫忙，因爲我的莽撞，現在變成他得二十四小時監控我的人身安全。

因爲是朋友，總要有個底線，才不會把不幸傳染給別人。

夢裡那個人像在說他是誰並不重要，我該到他那兒去，我是屬於他的，他也屬於我，我們之間不分彼此，共享一切喜怒哀樂。

醒來時我曾想，如果是符水造成這些夢，還眞的很荒謬好笑，難道是我太期待符水的威力給自己下的暗示？我盯著主將學長的臉，默默發誓沒將他當成意淫對象。實際上我無法完全確定，夢影有些特質，例如健壯、強勢和過分的溫柔讓我面對主將學長時格外心虛。

當夢裡的人開始又親又摸，朝我俯壓而下，我笑不出來了，我該怎麼對說好回報異狀的同伴承認不想反抗還很期待這種怪夢，不管了！一定是潛意識妄想作祟！

畢竟是成年人了，誰沒看過一些十八禁的東西？我卻不會想身體力行，柔道社一堆衣衫不整的男人，但我從來沒對誰臉紅心跳過，體力耗盡累到瀕死那種不算。

各種疲勞困乏讓我毫無戀愛衝動，只希望麻煩越少越好。

反正意識很清楚，就算這些夢是吳法師動的手腳，我也不可能喜歡上那個噁心的神棍！更不相信命中註定那一套！

「小艾，妳真的沒事嗎？妳好像在作惡夢？」許洛薇擔心詢問。

「我不記得夢到什麼，可能這陣子太緊張了，學長沒錄到我起來夢遊，不然刑玉陽早就殺來了，如果有鬼靠近這棟屋子應該瞞不了妳，對嗎？」如果許洛薇在自家地盤還守衛不力我真的會揍她，她起碼能當個替代用的地基主。

我也的確記不清楚怪夢內容，該死的殘留片段總是出現各種讓人羞於啟齒的畫面。

「那是當然啦！」她挺胸自誇。

我勉強振作精神附和。說不定我太想知道戴佳琬的遭遇才將自己投射進她的角色，又或許是生活中忽然多出主將學長和刑玉陽兩個異性，外加許洛薇整天嚷著腹肌的刺激，我會作那種夢有許多合理解釋。

退一萬步說，倘若那碗符水的作用就是讓人心神不寧，那也不足爲懼，金光黨還要更行。

等刑玉陽的朋友寄來監視器材，我鼓起勇氣再次聯絡吳法師，將見面時間訂在後天，離初次潛入正好過了一星期。

翌日早晨，我已經很習慣地對著筆電鏡頭做安全回報，主將學長不在電腦前，可能還在睡或已經出門。

「現在是早上七點整，我是蘇晴艾。正打算刷牙洗臉然後去外面吃早餐，預計一小時後回來，今天在家養精蓄銳不去探望戴佳琬。」這陣子都沒有睡好，黑眼圈的問題已經被主將學長和刑玉陽輪著唸了一頓。

我決定奢侈一次，點個辣味雞腿堡幫自己打氣。

離開早餐店後，我沒循原路回去，回過神來已經站在車站外。

我有種強烈的感覺，現在突擊吳法師那邊會有所斬獲。

現在是大白天，鬼怪動不了我，我學過柔道，吳法師就算有些歪念頭，難道他敢跟我撕破臉？他不可能嚇住我的，動手對他沒有好處，最壞的情況不過就是他放棄我這條魚。說不定我能遇到另一個受害人，私下說服她解釋情況，那就會是戴佳琬無法告訴我們的突破口。

但如果是在約定好的時間上門，我們一定不可能遇到其他受害者，想找到吳法師的受害者，唯一的共同點就在他的私人道場。

「我沒有受到控制，也不信吳法師的鬼話，我只是非得過去看看。」

我忽然發現，此刻自己說話的口氣和父母沉迷賭博時一模一樣。

我一直很恨父母沉迷賭博這件事，不能理解他們爲什麼控制不了自己。

明明知道是不好的行爲，明明生活已經很糟糕了，明明還有機會回頭，卻一意孤行。

不是被綁去的，也不是被逼的，只要有心隨時都能停止不是嗎？

你要去做某件事前，腦袋一定有某種想法，既然不是意識不清，就有懸崖勒馬的可能，理論上是這樣，但像酒駕、賭博、吸毒、性侵、自殺或者是迷信神棍，可怕的衝動到處都是。

包括我現在獨自去挑戰吳法師，自己也覺得不太認眞，說不定我一出車站就會回頭，或者走到吳法師住處前就折回，我甚至在書店剛開門時繞進去買了一盒圖釘，將圖釘塞進口袋裡，就算被附身也做好利用疼痛掙脫的準備。

你看，像不像只是預演尋找靈感？

我低頭看著腳尖不斷前進，腦海裡卻浮現父母離我而去的背影，這是第一次，我想知道他們爲什麼做得出拋棄我這件事。

好像有點懂了。

循規蹈矩卻沒有成功，只是日復一日吃盡苦頭，爲何不放縱一下？當自己渴望這麼做，天皇老子也攔不住。

我不去想許洛薇，不去想主將學長和刑玉陽，不去想戴佳琬，實在是太累了。

我只有一個想法：**和吳法師見面**。

我不會被騙的，如果不是他贏，就是我贏。

手機鈴聲響起，我看也不看按掉。

走到高級大樓門口，我請警衛聯絡吳法師。他在這裡，表示我可以馬上上去。

我感到興奮，有點不安，但卻完全不想喊停。

吳法師穿著便服親自前來開門，這次沒看見那個服務人員，顯然今天吳法師沒安排信徒活動。他見了我來卻不訝異，好像早就知道我會主動上門。

「玉蘭，師父就知道妳一定會來。」他親切地將我帶進去，又倒了杯茶放在我手裡。

「還是該叫妳眞正的名字蘇晴艾比較好？看，不用瞞著師父，師父不會生氣的。」

那張方正的國字臉帶著柔和笑意，被他冷不防說破眞名，我竟不緊張，明天的計畫果然會徒勞無功，印證了這份預感反而讓我更加鎮定。

或許更像是一種麻木。

「你怎麼知道的？」

「妳不是懷疑師父沒有神通嗎？師父自然要證明給妳看了。天君親口指示，妳我有很深的緣分，要我收妳當徒弟，雖然妳看似對我有些誤會，但那都是俗人偏見在誤導妳的關係。」吳法師道。

「我夢到的那個人是你嗎？」

他露出驚喜的笑容道：「我們果然有緣。」

「你也和戴佳琬說過一樣的話？」我索性單刀直入。

「妳們是同一間大學的學生，妳就是爲了這件事找上門來。她還好嗎？」

「希望你能解釋她的懷孕和發瘋是怎麼一回事。」

「戴佳琬的事是一個遺憾，她和我的弟子是前世夫妻，偏偏對已經結束的錯緣執迷不悟，不接受我的開解逃走了。」吳法師道。

「弟子？」我馬上聯想到那個守門帶路的中年男人，「那位替你做事的先生？」

「沒錯，他是我的大弟子鄧榮，以後就是妳的師兄了。」

「我還沒答應拜師。」

「有能力的人總是窮困潦倒，我也是蒙受天君指點才安頓好生活。妳是孤鸞女，這輩子求不到姻緣，註定要和道侶一起修行。」

「憑啥你說我就信？」

「妳把那杯茶喝下，師父就讓妳看一個祕密。」

「爲何我非得喝這杯茶不可？難保你沒對茶水動手腳。」

「妳身上的鬼氣妨礙天君降駕，得先淨化一番，若不信就走吧！師父也不急於一時。」吳法師指著大門。

「好，我喝。」對方都打開天窗說亮話，我豈能示弱。

再者吳法師的態度顯示出想拉攏我作長遠之計，而非迷暈我，我倆單獨相處，就算不對我下藥，他也沒什麼好怕我。

我一口乾了小茶杯，倒扣在桌面上。「祕密在哪？」

「跟我來。」

吳法師走向掛簾後，我再度看了一眼無極天君的神像，跟著吳法師走向內室，通過我借廁所時曾經過的走廊，來到許洛薇提過的那間有著紫色大床的奢華房間。

他從床邊櫃子裡拿出幾粒藥片，又倒了杯水。

「現在又得吃藥嗎？」我諷刺地問，好像還看到裡面有顆藍色小藥丸。

吳法師對我搖搖頭，自個兒將藥片吞了下去。

好吧！他這麼做我反而安心，不管他是有病還是吃興奮劑，眞的要動手又增加了我的優勢，就算打不過，要從一個嗑藥的人眼皮下溜走還不容易？

「祕密就是……等一會兒妳就能親眼看見天君了。」他坐在床邊拍了拍，要我也坐下。

「趁這段等待的時間，師父來和妳聊聊天君的故事。」

「我比較想知道戴佳琬的事。」

「都會談到的，別性急。」

等我坐下後，吳法師露出了放鬆的姿態。

「其實天君此番來凡間度劫，我們都是與祂最有緣的凡人，祂雖然法力無邊，礙於天規卻不能亂用神通，我們這些凡人領旨辦事有時不盡合祂老人家心意，天君因爲天庭安排轉世時出了差錯，錯過了投胎的時辰份例，只得靠我們幫助再得到一具肉體，都是爲了修行啊！」

吳法師說完將他的手蓋在我的手上，他好像眞的這麼相信了。

「怎麼……幫助天君？」

「生死有數，慈悲的天君當然不願搶人投胎機會，祂選擇湊合這輩子原本還未輪到相會的前世夫妻，提攜指點他們相愛修行，一旦生下神子，也好就近祀奉天君，助祂濟世救人。」吳法師撫摸我的臉。

「戴佳琬是我大徒弟的有緣人，他也是眞心愛著那個女孩，至於師父則是在還債，我前世情債過多，好不容易還清了，才等到妳前來相會。」

「有緣又怎樣？」

「那表示師父有義務要照顧妳，還有將妳從冤親債主的追殺中拯救出來，天君說這就是我的使命，現在妳懂師父爲何沒對妳做的事生氣，反而要好好解釋給妳聽的原因了嗎？」

我對吳法師竟知道那個冤親債主感到十分吃驚，他祭祀的那個天君到底是何玩意？看來不是虛構的存在。

「你說我能親眼看見天君，祂來了嗎？」

吳法師緩緩垂下頭，看似睡著了，我正要起身退開，他迅雷不及掩耳捉住我的手腕，吳法師手臂肌肉抽搐著，力道奇大，寒意順著這一握竄進我的身體。

「我就是無極天君。」

Chapter 07 /

戰了還要戰

那股冰冷只一瞬就消失了，取而代之的是暖洋洋的放鬆感，感覺就像這幾天的怪夢一樣。

這一切眞的是現實？如果正和敵人單獨坐在臥室床上，我怎會如此放鬆？難道我其實還在作夢？

無極天君環抱住我，雙手撫過我的背，我則僵在原地動也不動。

「蘇晴艾，妳和妳師父快點有夫妻之實，他才能保護妳。再遲鬼又要纏上妳了。放心，天君不會害妳……」他的氣息噴在我臉上。

我宛若中了麻藥般沒有任何感覺。

我張著眼睛，在他脫下我上衣的同時摸出一顆圖釘。

是夢嗎？不是夢嗎？我完全分不清現實了。

我將那顆圖釘狠狠按進吳法師大腿，他痛叫一聲推開我，我摔在地上，一些圖釘刺進我的腿，銳痛讓我完全回過神來，四周還是陌生的房間。

我在一種清醒而古怪的狀態下走進吳法師的地盤，絲毫沒有顧忌。不正常，但我不知道爲何會這樣？

我撿起上衣往外衝，剛轉開門把就被無極天君拖了回去，他眼睛充血、表情猙獰，我想也不想一拳揍上他鼻子，他沒鬆手，反而給了我一巴掌。

我瞬間頭暈眼花，同時被激怒了，將無極天君絆倒在地。

客廳外似乎傳來乒乒乓乓的聲音，我只知道有人來了，只希望不是他的同夥！

「神棍！變態！不要臉！」我邊打邊罵。

無極天君被我的攻擊性嚇一跳，我只穿著運動內衣的上半身被他抓出許多紅腫，我一度用手臂勒住他的脖子，卻被他靠蠻力掙脫；他想強壓住我，卻不知柔道最忌諱背部著地，我好多次剛倒地就反射性扭身滾開，半跪起和他繼續纏鬥。

我打不過他，但他想制伏我也沒那麼容易，我和那此刻不知是無極天君還是吳法師的混蛋純粹比誰耐打、體力更好。

正當他放棄壓制我，一拳揮向我的頭打算揍暈我時，房門卻在此時開了，一條黑影竄上他的背，隨即往他臉上亂抓，我則滿懷惡意朝他褲襠踹了一腳，狼狽地爬開。

當我重新站穩，打算衝過去再次展開攻擊，另一個人無聲無息從後方箍住我，我瘋狂掙扎，頭頂響起一道怒吼。

「蘇小艾！穿上衣服！」

我遲了好幾秒才認出刑玉陽的聲音，仍然熱血沸騰，想要給縮成蝦子的吳法師致命一擊。

我頭髮蓬亂，嘴唇咬破了，臉上和身上都是紅腫瘀傷，頭髮掉了好幾撮，大腿口袋處冒出點點血跡。

「妳到底幹了哪些好事？」刑玉陽不敢置信地問。

我愣在原地，一時充滿茫然。

刑玉陽沒等我回答，將手伸進我的長褲口袋拿出染血的圖釘。

我穿好上衣，仍然不覺得痛，只是渾身發冷。

這時吳法師緩過要害劇痛，朝刑玉陽衝來，刑玉陽一矮身就將他摔了出去，隨著落地聲和痛叫，又扭住吳法師的手一拉一帶，將他面朝下壓制。

整個過程不超過三秒，專業得讓我張口結舌。

「就這樣壓制住他，我去找繩子來。」進入得分模式的我立刻對刑玉陽說。

我開始翻箱倒櫃，卻在衣櫃裡發現了一堆五顏六色，從綁繩、皮衣到按摩棒都有的性愛玩具，看得我和刑玉陽臉都綠了。

「蘇小艾，不准用那個。」刑玉陽見我拿出可以套在床腳將人綁成大字形的彈力繩立刻警告。

「可是我想拷問他……」我可能還沒恢復正常，但把怪物的血條打空是玩家本能，此刻我死也不能放過這個大好機會！

刑玉陽用看見變態的眼神望著我。

「我們現在已經能叫警察來了，他是性侵現行犯，但如果妳用這種道具綁他，會換成我們犯了刑法的強制罪。」刑玉陽完全不贊成，再次強調那個關鍵字。「拷問？」

「我已經做好犯法的心理準備了。日後要和我的冤親債主周旋，我想先把膽子練大點，這件事我會全部扛下來，你幫我把風就好。再說，事後他敢不敢提告還不一定呢！」我蹲下來抱起小花，許洛薇站在我旁邊。

從吳法師瞬間驚恐無比的反應，我斷定他現在看得見許洛薇。

許洛薇移到門口說了幾句話，我重複了一次給刑玉陽聽。

「薇薇說他被鬼附身了，叫那隻鬼乖乖別動，我們有話要問他，要是『無極天君』敢偷偷退駕，我們家的紅衣厲鬼會將他碎屍萬段。」

把吳法師綁好後，刑玉陽的臉色也黑得不能再黑。

「薇薇，你們怎會知道我在這裡？」我嘶啞地問。確定吳法師動彈不得後，才發現剛剛那番搏鬥害我的心臟快炸了，現在還無法停止喘氣，喉嚨像被火烤過。

「我忽然好想吃河粉蛋餅，想拜託妳外帶一份回家讓我附身試看看味道，豈料我附在小花身上，好不容易趕到早餐店，妳又走了。追著機車在後面不管怎麼叫妳，妳都沒聽見。」

充耳不聞的我去了車站，許洛薇繼續跟著我，火車開動，她怕貓身衝上火車前就被鐵路人員抓住，硬著頭皮脫離小花往我身上撲，卻被留在鐵軌上。

我沒有意識到她，或者我們之間的聯繫因某種原因被破壞了，導致她沒辦法很好地附著在移動中的交通工具上。刑玉陽也說過雖然台灣公路網異常發達，但鬼的存在法則非常不穩定，魂魄移動主要還是靠附身、法力或徒步。

慌了的許洛薇操縱著小花直接到「虛幻燈螢」找咖啡館主人刑玉陽，在白日這番豁出命狂奔真是苦了她，淒厲貓叫聲總算驚動刑玉陽，他一看見紅衣女鬼和小花就知道我出事了。

邢玉陽打我的手機都沒人接，只好緊急聯絡主將學長繼續監控臥房，帶著小花和許洛薇直接殺往吳法師的私人道場。

許洛薇簡單交代他們爲何及時出現，刑玉陽在旁邊插話訓斥：「我早就說妳喝那碗符水會出事。」

「其實……我剛剛又喝了一碗。」我幾乎不敢發出聲音。

刑玉陽瞠目。

「學妹覺得自己很猛是不是？約個時間來道館ＰＫ。」

完了，連討厭套關係的男人都搬出學長學妹制來壓我。當下我立刻轉移話題。「你們怎麼通過警衛把守？剛剛客廳的打鬥聲是怎麼回事？」

「在門口遇到這個神棍的同黨，他可能做賊心虛懷疑我和戴佳琬有關，想找我打聽她的下落，就把我帶進來了。我一進門聽到內室有聲音，那中年人支支吾吾想蒙混過去，我趁機質問強暴戴佳琬的凶手是否是他，他的反應和承認沒兩樣，我說我妹妹還在裡面，叫他快去報警，大家當面對質，結果他暴怒攻擊我。」刑玉陽甩甩手道。

從小白學長好端端的模樣看來勝負很明顯了。

「你說的同夥大概叫鄧榮，是吳法師的大弟子，那個變態法師還說要收我當徒弟。刑玉陽，你把鄧榮抓起來了？」我問。

「我急著進去找妳，他趁機奪門而出。警察馬上會來，妳如果不想和警察打交道就先走，我會聯絡鎮邦一起來善後。」刑玉陽一點都不緊張。

「你幫我把風！」

「妳沒聽見我剛剛說的話是不是！」

「搞不好鄧榮根本不想報警就這樣跑了呀！想確認吳法師到底對戴佳琬還有我做了什麼只能趁現在！他現在不是吳法師，是『無極天君』！結果眞的有鬼！你開眼看看。」我指向大床上的俘虜。

其實我還真看不見附身在人類體內的鬼，只是許洛薇辨認得出被附身的對象，刑玉陽似乎也能察覺異常，他皺眉頓了頓。

「我不能讓妳和這個神棍繼續單獨相處！」

「許洛薇也在呀！算我拜託你了，萬一這隻『無極天君』想偷溜，薇薇可以幫我攔截。你去外面擋著啦！」我央求他。

這已經不只是戴佳琬的麻煩，還包括我自己的安全了，避免夜長夢多，我現在就要搞清楚那碗符水和吳法師的祕密！

「十分鐘，不能更多，萬一在這之前有人來了立刻停止！」刑玉陽既然決定了，立刻去反鎖大門。

「薇薇，變身。」

「嗄？人家不要啦！很醜耶！」

「沒時間讓這傢伙跟我們賴皮了，這傢伙剛才想強暴我。」我沉聲說。

許洛薇神色一冷，變形為開山刀的鋒利前臂擱在吳法師咽喉處。

「我們是不會殺人啦！但是鬼魂她已經切爛不少隻了，我已經有個冤親債主，不差再和你這隻惡鬼結仇，你最好乖乖配合，無極天君。」我陰惻地說。

抱歉，蘇晴艾從來不是楚楚可憐的小兔子，再說，我還被學姊養的蓬毛大白兔咬到見血過，無極天君對戴佳琬和我做的事情已經逼出我的獸性了。

無極天君一開始還嘴硬，許洛薇尖哮一聲扯下靈體右腿往牆角一丟，斷肢立刻化爲灰霧，吳法師的腿隨著許洛薇的攻擊動作抽搐了幾下。

接下來無極天君就有問必答了。

無極天君本名吳天生，是吳法師的堂叔，民國七十年代左右在南台灣非常活躍的符仔仙，臨死前他對自己的葬法和魂魄設了些法術，死後躲過鬼差注意，成爲自由自在的野鬼。

然而，長年沒受香火使吳天生力量越來越衰弱，他見不少惡鬼妖精佔廟爲主居然也有不少信徒，頗爲心動，卻不想惹上幽冥界的地頭蛇，於是將歪腦筋動到了家族裡的混混。

本名吳耀銓的吳法師年過四十還是未婚，鎭日遊手好閒，嗑藥酗酒搞得經濟拮据時夢見了無極天君，他從半信半疑，到擁有收入後歡天喜地配合吳天生的設計，並對身帶天命這件事深信不疑。

「混小子根本就沒有天賦，就算我是他祖先，還得先讓他吃藥神智不清才能和他溝通上身。」吳天生罵道。

用草藥和符術讓我精神恍惚當然是吳天生的拿手好戲了。

根據老符仔仙的解釋，那碗符水果眞具有淨化壓煞的功用，但目的卻是爲了打斷許洛薇和我的連結，讓我暫時不容易役鬼。符術這種隱密禁忌的技術如何使用、效果如何實在不是外行人能想像。

「那些色情玩具是怎麼回事？我剛剛聽他說，他好像和不少女人上床，還說是還情債，眞噁心！」

附在吳法師身上的鬼一臉曖昧道：「那些有錢又寂寞的太太都五、六十歲了，和我這個健壯堂侄睡過也不算吃虧，她們有的人根本就懶得管無極天君靈不靈，只要法師那支夠靈就好。」

原來貧窮又不正的我在吳天生眼裡已經算是珍品了，至少我還年輕健康，無極天君才想親自上陣。有點同情被當成種馬的吳法師，但我還是要他接受司法制裁，否則這個人繼續自由活動對我和戴佳琬都是長期威脅。

鬼會附身已經夠可怕了，活人還能做得更多，問我怕不怕吳法師伺機報復，當然怕！所以我才不想給他機會還手！

「還有別的理由吧？爲什麼挑上我？」我問。

「妳還是童女，沒學過法術就能役使這麼強大的厲鬼，眞乃奇才！我是眞心想收妳爲徒，妳要是學會我這身本領，月入百萬根本不是問題！」吳天生熱切勸說。

我明白了，這個做鬼的老符仔仙當然不會白白教我法術，他得先牢牢控制住涉世未深的我，至少先讓我變成他的女人，這種遭遇對別人難以啟齒，便只能自暴自棄依賴他。

這隻老鬼的確懂得人性弱點，我差點就萬劫不復了。

「我的大弟子對那個大學畢業的女生一見鍾情，我給錢要他去酒家，那邊要啥水姑娘仔沒有，他硬是逼我出手，說如果那個女人不能給他當老婆，他也沒心思再替無極天君做事了。」

由於毫無天分的吳耀銓一被附身就不記得經過，得有個人記下過程幫襯提醒，鄧榮的存在不可或缺。鄧榮是否將吳天生當成神這一點尚不可知，但他知道「無極天君」有法力對人降福降災，仍對道場祀奉的神尊抱持敬意。

我氣憤地瞪著老符仔仙，吳天生辯解般補充：「我還特地作法讓那女人以為車禍死亡的男友回來，附在鄧榮身上與她相會，年輕女孩情緒畢竟比較敏感不是嗎？」

戴佳琬大學剛畢業又有相愛男友，未來才正要開始，縱使愛人發生不幸意外，趁年輕還是能恢復的。暫時悲傷消沉，不理智地想方設法懷念男友都是人之常情，卻被老符仔仙設計失身給年齡足以當她父親的卑鄙男人，吳天生還埋怨戴佳琬太敏感？

我緊緊咬牙，力道大到下顎都痛了。

也許是早就放棄談戀愛的緣故，我反而希望想愛的人能夠保存這些美好愛情，哪怕只剩回憶。我對選擇獨身這件事並不後悔，頂多有少許遺憾，但這些無恥男人設局蹂躪戴佳琬身心，甚至即將讓她生下有問題的嬰兒，則完全引爆了我的地雷田。

許洛薇感受到我的狂怒，完全變形猛然跳到床上，懸在老符仔仙上方展開蜘蛛似的尖刺手腳。

「然後呢？」我用盡全力才略微鬆開牙關，一字一字迸出。

老符仔仙顯然被嚇到了，對吳耀銓的身體控制不知哪兒出了差錯，造成他尿失禁，褲襠濕了一大塊，腥臭難當。

「她不知吃了什麼西藥影響到符力，原本我打算讓他們同居一段時日，她卻提早清醒大哭大鬧，鄧榮一時手忙腳亂，竟心軟放走她，他後來又央求我將她帶回，談何容易？」

老符仔仙死後法力當然不如從前，養來調查情報並暗中害人的小鬼也不甚聽話，雖不知戴佳琬逃去哪，但種在她身上的符還在，老符仔仙便催動符力，讓她看見各種可怖幻影，等戴佳琬承受不住崩潰主動回來投靠。

另一方面，拗不過鄧榮的請求，老符仔仙也從戴佳琬家人處探查消息，發現戴佳琬居然已經懷孕，被趕出家門依舊下落不明，對這個可憐女孩又冒出新打算。

「為何戴佳琬的胎兒用陰陽眼看是黑色？」我沒問老符仔仙對嬰兒有何計畫，他剛才已經自己說了，想要一個身體，被信徒服侍著長大。

「沒有魂魄的無主肉塊看起來自然是黑的，也不算殺生，多餘的肉胎先到先得而已。當然我不會再打那個胎兒的主意了。」老符仔仙在我的瞪視下訕訕補充了一句。

既然已經洩底，老符仔仙若還想硬搶胎身，我們當然不會束手旁觀，無論如何，潛入戴佳琬肚子被生下來也不會有如他所願的生活，這邊暫時可以放心老符仔仙不會偷腹投胎了。

「吳天生，你也知道我不是專業人員，怎麼驅鬼我不懂，我只知道殺鬼……我身邊這位喜歡剁、戍、醬，但這也是有後遺症的做法，所以我給你一個選擇機會。」

我要他供出帳本、錄影和人頭帳戶等犯罪證據藏放位置，尤其是影片，雖然缺乏男歡女愛經驗，社會新聞我卻看過不少，吳法師這種自戀好色的男人不會只有用玩具而不偷拍，這些色情影片是上好的勒索材料。

「規則很簡單，我要看到吳耀銓和鄧榮被起訴判刑，最好可以直接認罪節省時間，反正活人法律也治不了你，今天你乖乖合作，不讓這兩個渾球節外生枝找我們麻煩，我這邊可以睜隻眼閉隻眼。」我面無表情看著老符仔仙說。

「我不答應又如何？老頭子至少沒有害人性命，難道妳們真要做這麼絕？殺鬼也是會有報應的。」老符仔仙狡猾地問。

「我人都到了這裡，多少能找到一些證據。必要時我也能上法庭指控，但這樣會讓我心情很不好，只好先拿你開刀了！法律也沒說殺一隻鬼要關幾年，而且又不是我殺的，我旁邊這位紅色衣服已經殺了三十幾隻，只因為其他鬼打擾她睡覺。」

我不是威脅，只是提供兩條路給吳天生選，其中一條是讓老符仔仙自己收拾養出來的惡黨，好讓我們能順利從這樁案件中摘出去，當然他若不配合，也不用縱虎歸山了。

我們為神棍事件已經付出夠多了，尤其主將學長根本不想涉入幽冥世界，靈異問題之外若還得扯上司法糾紛，著實有些不公平，我也是光活著就自顧不暇了。

在這裡幹掉老符仔仙當真有符合最大利益嗎？我還是覺得交給專家去對付這個禍根更好，臨場得嚇嚇對方才能談判。

和許洛薇聯手打退冤親債主時她拒殺老鬼的反應歷歷在目，打爛特定惡鬼會被寄生，確切地說我們都不知道是被「什麼」寄生，但一定是比會殺人的惡鬼還要糟糕的東西，好比你打死一隻蟲子，結果感染致命病毒。

或許是一種會讓我想主動從樓頂跳下去，或者將人推下去的黑暗影響，所以我跟許洛薇不約而同收手了。

我叫許洛薇掐緊老符仔仙，許洛薇完全變形時無法說話，流露的暴虐情緒和殺戮氣氛坦白說眞的挺恐怖，還是我站在旁邊她才勉強保持穩定。

「你或許沒有殺人，卻讓人生不如死，我不在這與你糾纏，自有天收。」我沉下聲音，不願示弱。

因爲我是普通人，才會馬上聯想到普通人惹事後的麻煩，不是只有與鬼結仇那麼單純，我不想讓刑玉陽和主將學長犧牲更多安穩生活來「善後」，直覺告訴我，旁門左道說不定可行。

反正，和許洛薇結盟的我早就走上歪路了，對壞人幹嘛客氣？

「小姑娘果然有本事！好、好、好……」

老符仔仙後面那幾個「好」字像在說不會善罷甘休，但我懶得在意了。

等我拷貝好影片抱著帳簿去找刑玉陽，已經超過十分鐘，然而一開始警衛就沒上來關切，恐怕鄧榮早就跑了。

運氣若好一點，或許吳法師根本不記得吃藥後發生的事。

我抱著已經吃虧至少也要撈本的心態，能拿多少證據就拿多少，搜查過程中我還發現用小夾鏈袋裝著的白色粉狀物，想了想，我在吳法師每件衣物口袋裡都撒了一些。

許洛薇後來說我讓她覺得有點恐怖。

我說，既然我把吳法師綁在床上，公平起見就不告他性騷擾了，不過打我的仇還是要報的，回程再用公共電話舉報這處地址有人吸毒，老符仔仙夠聰明的話就利用這個機會切割這兩個惡徒，之後我們之間的恩怨就不涉陽間司法了，這是我和那個老符仔仙的約定。

主將學長稱讚我做得很好，刑玉陽則說惹神惹鬼就是不要惹到女人。

□

放下公共電話話筒，報警大概是一整天最令我緊張的環節。

結束了。我渾身飄飄然，抱著小花露出傻笑。

之前中符術渾渾噩噩孤身進了吳法師的房間都不覺得怕，還覺得自己很清醒，現在反而背脊發冷，只想衝回老房子將所有門窗上鎖，我可以在被窩裡躲一個月。

主動喝符水的我真的是白痴。

這表示符術破了嗎？又是哪個環節、怎麼破的？我毫無頭緒。真是太浪費了，這不就是我最想累積的經驗值！

不過我大概把握了一個訣竅：鬼也是會怕惡人的，兇下去就對了。

「終於可以回家了！」後院牆角那棵每年落果都沒結過半顆香甜柚子的文旦樹終於派上用場，我打算拔一盆葉子洗柚子浴去去晦氣。

「想得美！跟我來。」刑玉陽一掌拍飛我的妄想。

從頭到尾被我當成花瓶晾在旁邊的白目學長終於發威了。說眞的，我有許洛薇，根本就不需要其他靈能力者。刑玉陽離開神棍道場時手上提著人頭大小的塑膠袋，不知道裝著什麼？我順口問著許洛薇。

「小艾，妳的形容詞好奇怪。」紅衣女鬼居然挪開一步。

「眞的是那個大小啊！」我不小心放大音量，被刑玉陽發現了。

他解開塑膠袋口讓我看。

「你把無極天君的神像帶出來做啥？」我驚訝地問。

刑玉陽伸手探入神像披風，在背後摸索一陣，抽出一張手指長的薄木片，我小心地接過觀察，發現上面寫著「吳天生靈位陽世子孫謹立」等字樣和生卒日期。我不知道老符仔仙怎麼說服吳耀銓，爲了加強附身效果，輩分是堂侄的他乾脆認了老符仔仙當父親，等於兩人成了陰親父子。

老符仔仙大概也對吳法師種了不少符，包括讓他乖乖和許多老女人上床卻不覺得奇怪之類，或者吳法師根本就不在乎玩弄那些女人，反正都是自作自受。

「這看起來好像神主牌？」

「就是神主牌，正確地說，是放在牌位裡的個人內牌，平常藏在牌位背面。」刑玉陽藏在黑色鏡片後的眼神相當銳利。「我第一次踏入那神棍的地盤時就有點懷疑，神壇上點的是很高級的檀香，照理說有驅邪作用。」

「可是許洛薇沒說她不舒服呀？」我說。

「我以前也沒遇過可以訪問厲鬼這種細節的機會。」刑玉陽的意思是：**閉嘴，敢吐槽學長不要命了？**

「照理說孤魂野鬼受不起檀香，只有一種可能，家鬼。加上偶像容易被外靈寄宿，就當證據一起帶回來了。」

吳法師毫無靈感，卻能在滿足一些條件後和老符仔仙交流，就算不是直系血親，血緣還是起了某種神祕作用，將陰陽兩隔的雙方聯繫在一起，就像我被動繼承的業障和那隻冤親債主。

「家鬼有差嗎？還不都是惡鬼？」

「表示吳法師的惡果，這隻鬼就是前因，陰間會找這隻鬼負責，另外當地神明有義務接管。有的惡鬼不是神明不抓，是有轄區和能力上的衝突。不過事情也不是絕對就是這樣，陽間才一堆烏煙瘴氣的現象。」刑玉陽解釋。

「那現在要去哪？」我皺著眉頭，把「想回家」這三個大字寫在臉上。

「妳報完案，換我了。」

刑玉陽先帶我去書店，買了稿紙和黑色針筆——給我的，一張全開的黑色雲彩紙和編幸運帶的五色細繩——綑無極天君神像用，又買了ＯＫ繃和白藥水給我，要我趁他在打包神像時去廁所處理傷口。我只有一個感想，現在書店眞是什麼都賣。

然後他招了輛計程車前往這座城市裡的城隍廟，並在車上要我寫一篇文章將老符仔仙做的惡事鉅細靡遺交代，等等要在神明面前化掉。

「白話描述就可以了，字不要太醜，還有寫好先謄錄三份。」

「爲什麼？」我又累又怕，忽然得知還得寫作文，當下很反彈。

「因爲我們要去的城隍廟不只一間，算算時間，姑且就先跑個三間就好。」

「我不是問這個！」

「換向地府報案。只到一家告狀不太保險，反正做完就知道靈不靈了。人證物證俱在，如果還被吃案，我就換間大廟繼續告。至少當個保險。」刑玉陽說。

打從大學學測之後我就再沒摸過稿紙了，痛苦地擠出一篇控訴文，還被刑玉陽批評得體無完膚，不過他說告狀這種事重在誠懇和怨念深度，與其讓專業法師寫篇駢散兼備文詞優雅的訴狀，還不如讓我揮舞自己寫的稿紙。

許洛薇附在小花身上離廟門遠遠的，我在刑玉陽陪同下也沒驚動廟公，就像個普通信眾進門捻香朝拜，靜靜把稿紙拿到金亭化了，唯有其中一間廟公主動問起，也沒有阻止我們的行動，只說若需要平安符可以幫忙請示主神。

刑玉陽布施了一點香火錢，但我沒拿平安符，只是每次跪下來拜拜時最後都強調我會概括承受自己選擇的後果，神明若有靈請不要拆散我和許洛薇（這樣講好像有點怪怪的），其他惡鬼則往死裡打沒關係。

「咦？刑玉陽，你不把神像留在廟裡讓他們處理嗎？」我看他最後還是把無極天君像拎在手上走出來。

「還不知這樁案子神明應不應，如果有徵兆或代表上門再給，不然我寧願寄去朋友推薦的修道人那裡。」

是說你還要把那種東西放在家裡或寄給專家當驚喜小禮物？這麼過分不太好吧？

忙完之後，刑玉陽買了兩份排骨飯，隨即帶我買車票，雖然只能在火車上吃冷便當，我還是大快朵頤。

刑玉陽的吃相很正常，我還以爲他不食人間煙火或茹素，因爲那頭長髮加墨鏡還有民間傳說般的談吐；小花則在一旁不滿地喵喵叫，畢竟牠也餓了。

回到親切的破舊小車站，又已經是晚上了，我正要和他各分西東，車鑰匙冷不防被抽走。

「上車。」他指著自己那輛老野狼。

我拿著安全帽，完全莫名其妙：「幹嘛？我自己有機車，還是又要去別的地方？」

「我和鎮邦說好了，還是妳要再聽一次『主將學長』叫妳上車。」

「不不不用了，我信。」又是安全措施嗎？我已經見怪不怪了，抱著小花坐上後座。

他把我載到「虛幻燈螢」，咖啡館二樓也是他自己的住處，比照初次見面時的點心招待，刑玉陽隨手沖了杯咖啡，拿了盤小餅乾給我，要我在樓下等著，逕自上樓去了。

一想到他要和那尊無極天君睡在一起，我就覺得有點毛毛的，雖然刑玉陽應該不怕。

等他拎著背包下來，我才知道自己又想錯了，原來他是上樓拿換洗衣物。

結果刑玉陽把我送回老房子，自己也跟了進來。

□

「今晚借我沙發。」

「叫他回去啦！這是我們女生的地盤耶！」許洛薇在旁邊大叫。

「薇薇說要你回去，不用這麼麻煩。」我忠實轉播屋主的意思。

「哦，妳也知道很麻煩嗎？」刑玉陽冷笑，拿著手機輸入了幾個字，又拿出筆記型電腦接上電源。

「呃……」

就在我不知道該回什麼，主將學長打電話來了，看來是刑玉陽方才通知主將學長我們已經平安抵達住處。刑玉陽已經抽空告訴主將學長事情梗概，主將學長表示今夜就不說我什麼了，但是也不能讓我一個人待著，就叫刑玉陽來守夜。

「薇薇，拜託啦！」我不敢拒絕主將學長，也沒種把刑玉陽推出去，他甚至不用跟我打，只要抓住我兩根手指頭輕輕一轉就能讓我痛不欲生。

許洛薇抱胸嘟著紅艷小嘴，對刑玉陽很忌憚，但又不想輕易讓步。

「禮貌呢？這年頭紳士都死光了嗎？」她揮舞雙手誇張地嚷嚷。

我委婉地告訴刑玉陽，好歹請求一下屋主過夜許可，畢竟我只是借住的那個人類室友。

刑玉陽二話不說拔下墨鏡，朝許洛薇走去，直到距離她不到一臂之遙，儘管許洛薇和我都知道刑玉陽看不清楚靈體，她依舊很緊張，畢竟這是第二個不怕她的活人，而且認識一些能收拾她的靈異人脈。

「一包4公斤裝皇家挑嘴貓飼料，二十個罐頭是我額外給小花今天跑腿的獎賞。」他直接開價，簡直不能更高傲。

就算餓死我憋死許洛薇都不能委屈小花，目前我們一人一鬼偏偏沒有固定收入，凡事能省則省，刑玉陽這招厲害。

「可惡！隨便他啦！」許洛薇跺腳衝回房間。

我向著她的背後追喊：「我今天陪妳睡！」意思是至少在她的臥房裡，我提供身體讓她能上網，我也趁機換場無夢的良好睡眠。

紅衣女鬼回頭瞪我一眼，那動作加表情實在很可愛，即使我是女生也覺得嬌媚養眼，就像小花一樣，所以才討厭不起來也很難害怕這傢伙啊……

我猜許洛薇此刻感受應該很複雜，尤其是遇到帥哥不能一起孔雀開屏較個勁，過往人正眞好的定律碰上刑玉陽也只剩下點陣圖效果。

雖然說點陣圖也很正，但刑玉陽只會有還要等幾秒才能過馬路的不耐感。

「我打算熬夜整理這些證據，妳去休息吧！」刑玉陽說。

「喔，好。」

我連柚子葉都忘了拔，渾渾噩噩洗完澡，頂著一頭濕髮正要泡杯熱奶茶躲去許洛薇的臥房，猛然想起我竟然連杯茶水也沒給刑玉陽，連忙衝到他面前亡羊補牢。

「對不起──你渴了嗎？薇薇家裡有咖啡豆、即溶包和麥片，你想喝哪種？我去泡！」我的待客經驗基本上爲零，刑玉陽又是個很強勢的人，我以爲他不會跟我們客氣，結果他還真的守禮地坐在客廳裡一動也不動。

「水……不，咖啡好了。」他捏捏兩眼之間，看上去有了睏意。

我假設二合一沖泡包在刑玉陽這個咖啡館店長眼中根本不算咖啡，所以他是要喝咖啡豆磨成的黑咖啡，嗚哇，一股專家壓力迎面襲來，反正他到這裡只能將就了。

我走到廚房，矮身打開流理台下的櫥櫃。

「要用什麼方式才好呢？手沖濾杯、摩卡壺、虹吸壺還是美式咖啡機？」我一邊清點著工具一邊自言自語。

許洛薇沖咖啡的家私很多，因爲我是玫瑰公主的管家，基於某種我不明白的怪癖，她總是堅持形式上應該由我端咖啡給她喝，就算她必須忍受我沖的咖啡比較難喝也一樣。每種沖泡方法我都試過，結果最沒問題的還是美式咖啡機沖出來的咖啡。

玫瑰公主曾經受不了，每種方式都示範了幾次給我喝，但我對咖啡實在沒有慧根，覺得味道最滿意的還是美式咖啡機的熱咖啡，至少沒那麼酸苦，而且我還要猛加糖和奶精。

我在柔道社裡遇過真正的咖啡狂，光是豆子種類和烘焙方式就可以說上好幾個小時，還有啥莊園咖啡和自製咖啡豆之類，許洛薇只能說是普通的咖啡愛好者，以她的家底來說，她喝咖啡的方式非常平民，主因還是她最怕麻煩，好入口就夠了。

許洛薇雖然比我會沖咖啡，手搖磨豆子還算夢幻優雅，但她異常討厭收尾的清潔善後，結果是我用美式咖啡機沖給她喝的次數最多，反正口味也還在許洛薇接受範圍之內。

「濾紙在哪？還好有買新的。」我自言自語。沖好的咖啡對如今是鬼的許洛薇不如咖啡粉聞香，結果我們添購的咖啡耗材也用不上。

找到濾紙，我將電動磨豆機插上插頭，正要伸手拿架上的咖啡豆，一隻手越過我的頭頂搶先一步拿起玻璃密封罐。

刑玉陽無聲無息站在我身後，我嚇了一大跳，這就是想得太入神的壞處。

「我不放心給妳沖。」他很誠實。

「你要用哪種工具？」我將清單報給他聽，聳聳肩，有人自願幫我省事更好。

「虹吸壺，手搖磨豆。」

把手搖磨豆機塞進他懷裡，低頭拿出虹吸壺，我叫刑玉陽先回客廳磨他的咖啡豆，幫他將玻璃虹吸壺洗了一遍擦乾。

剛踏入客廳，發現許洛薇被咖啡豆香味吸引，站在沙發後偷偷搭著靠背嗅聞，刑玉陽沒看見她，仍自顧自磨著豆子。

光看畫面有種綺麗美感，不要深究這兩個人真面目和天生犯沖的細節就好。

「虹吸壺給你，漫漫長夜齁？」

「謝謝，快去吹頭髮。」他把虹吸壺擺在茶几另一邊，熟練地操作起來。

不用他說我也會，我們各做各的事互不打擾，我吹乾頭髮後也幫許洛薇磨了半杯咖啡粉，接著躺在她床上睡了。

Chapter 08 / 祓禊

凌晨一點半，我從兩個小時的短暫昏睡中醒來。

張開眼睛那一瞬我以爲還被困在吳法師房間裡，心中一陣悽惶，立刻綳緊身體想要跳起戰鬥，轉頭看見許洛薇的美顏放大特寫才想起我已經到家了，許洛薇睡在我旁邊，刑玉陽也在客廳守夜。

中了符術那種分不清現實虛幻，也分不清安全與危險的感覺，我這輩子再也不想遭遇第二次。

對了，許洛薇今晚拒絕加班沒對我附身，她累壞了，附在小花身上一整天，看來我睡著以後她也趴在旁邊一起睡。基於鬼魂的奇特物理法則，鬧鐘或我翻身都不會吵醒她，說不定厲鬼也有電力用盡這回事。

人體眞的很奇怪，眞的很累時反而不會熟睡，可能是我還沒脫離警戒狀態，也可能是屋子裡多了個男人，雖然這個人是一起幹過犯法勾當又特地來保護我的共犯學長，還是很難放鬆。

不想再睡了，我怕天亮前會作惡夢。

我換了身運動服才去客廳探看刑玉陽的情況，他聽見響動立刻起身回頭，衣服換過了，還是寬鬆飄逸的棉布衣褲。我睡覺時他已去洗過澡，神采奕奕，幾乎看不見這一天的風波痕跡。

在深夜燈光下宛若滿月般白皙的臉孔，披散在肩膀上帶著奇幻風味的長髮，此時刑玉陽身邊環繞著一股奇特氛圍，我頓時聯想到《魔戒》的精靈王子。

「你沒戴墨鏡？」

「在這裡還須要戴嗎？」他坐回原位，等我走過去後反問。

「ＯＫ！ＯＫ！只是不太習慣。」

「該不會少了墨鏡妳走在路上認不出我的臉？」刑玉陽該死地懂我的毛病。

我轉開目光，趕快找其他話題：「你眞的不睡？」

我一邊說著低頭就要湊過去看筆電內容，刑玉陽閃電般壓下筆電螢幕。

「我也要看證據。」

「不可以。」

「爲什麼？這些證據還是我千辛萬苦才弄到的！」

「太骯髒了，妳不怕精神不濟又被勾魂或附身？」

我遲疑，都經過一番苦戰，說不好奇戰果是不可能的，但我也沒有無聊到非得檢查受害者的隱私。

「那這些資料要怎麼辦？」

「鎮邦已經說他不需要這份功勞，怎麼利用這些證據，應當優先考慮戴佳琬可以得到的最大益處。這樣也好，萬一我們和受害者的關係被查出來，吳法師又請了辯護律師對取得證據的方式做文章反而不利。」

「所以主將學長不打算自己拿這些證據檢舉壞人了？」我有點失望，但又覺得他們這些考量很有道理。

「鎮邦還沒看過所有證據，不過在電話裡他已經先提過想要利益迴避，這樣可能更好說服戴佳琬的家人吧！另外，他也不想上新聞出風頭。」

「那麼證據是要交給戴佳琬家人報案嗎？我們也不知道其他受害者的個人資料。」我們不是裡世界的神祕組織，光是要如何透過正當管道把證據交給司法機關，讓壞人被定罪就挺麻煩了。

「這正是我必須先看完證據內容再和鎮邦討論的重點。總之，影片不能都給，問題是，到底要不要將戴佳琬的證據部分給她的家人代爲出頭，或者乾脆揑造一個不明消息來源爆料？這邊就比較麻煩。如果鎮邦不打算當受理這份證據的警察，那麼交給誰得要仔細考慮，畢竟還有其他金錢毒品交易的記錄。不過，以戴佳琬目前狀況來說，越快解決越好。」刑玉陽才會急著先理清證據內容。

「吳法師也拍了鄧榮和戴佳琬？先讓戴佳琬的家人報案控告吳法師，其他證據另外匿名寄給警察局或地檢署不好嗎？」

「恐怕至少有一次犯罪行爲是在那間道場裡進行，他和老符仔仙都想要更多把柄，或者是要滿足噁心的窺淫癖。」刑玉陽垂下眼簾，說了一句令我意外的話。「戴佳琬的家人一旦看了這份偷拍影片，或許就不會讓她回家了。」

「爲什麼？」

「先前他們已經把這女孩趕出家門，我不覺得他們看了戴佳琬被侵犯的影片會急著把女兒找回家照顧，就算是進步的現代社會，偶爾還是會有把女兒嫁給強暴犯的情況發生，幫亂倫性侵犯隱瞞更是司空見慣。」刑玉陽用指尖敲了敲筆電上蓋道。

「不見得會這樣吧？」我聽了有些心驚。

「是的，不見得。但『趕出家門』的動作表示戴家不是會無條件包容受害者的家庭。畢竟未婚懷孕、已非處女和精神失常都是事實，有些家庭對『名譽』的重視比人命還多。」

刑玉陽最後那句話莫名地有說服力，讓我起了寒顫。

「那該怎麼辦？」

「還要等鎮邦的意見，不過，如果他也覺得不宜讓戴佳琬家人目睹太刺激的證據，也可以先等吳法師因爲今天的事被捕而上新聞後再由他私下勸說，讓家人接受這個女兒。他們日後想知道細節再去追問檢方，萬一戴家過度憤怒不分青紅皀白拿著證據找媒體把事情鬧大，對戴佳琬的衝擊恐怕是毀滅性的。」

刑玉陽坐在沙發上蹺腳看著我，冷不防說：「總之沒有妳的事了，剩下是鎭邦的任務，至於戴佳琬之後是否願意墮胎，還是要由家人與她自己決定，說到底我們也沒資格過問。」

「戴佳琬爲何會說肚子裡的嬰兒是男友投胎呢？」我現在對那個精神不正常的年輕女孩除了同情還有更多的擔心，親自拷問過老符仔仙後，戴佳琬根本是形同被符術強行綁架洗腦，她壓根就沒有同意任何愚蠢的交易。

然後，她活活逼瘋了自己。

「老符仔仙的符術不至於強到讓人發瘋，妳就是個實證。就算符術解開，她恐怕已無法恢復，剩下的是精神醫學和她家人的事情。戴佳琬原本是正常人，連番遭遇了令她嚴重崩潰的傷害，爲了保護自己否定現實一點也不奇怪。」

我回憶戴佳琬在療養院裡的舉止，她將強暴受孕的胎兒當成男友化身的確說得過去，被趕出家門後，她必須有個救贖，哪怕只是想像也好。

「只有從來沒犯罪過的男友會保護她、愛她，在剩下的人生中陪伴她，儘管她的男友已經死了。」我遲疑片刻又問他：「要告訴戴佳琬眞相嗎？那樣對她不是更殘酷？」

「說了，她有機會清醒面對事實；不說，她永遠不會好。我會告訴她事情眞相。」

「我是女生，照理應該是我來說比較好才對。」

「妳沒看過影片，還有，這件事妳已經做得很多了。」

「怎麼搞的，都要結束了讓我幫忙幫到底不行嗎？」

我剛說完他就遞來一杯熱騰騰的黑咖啡，剛剛對話時我居然沒留意刑玉陽同時在沖咖啡，爲何有人一心二用像呼吸般自然？眞讓人嫉妒。

「我不習慣黑咖啡……」我嘟囔著，還是喝了，所有咖啡專家都不會容許有蠢蛋當面用奶精和糖玷污自己的作品，並且總能用便宜的新鮮豆子創造美味奇蹟。

那股黑咖啡獨有的甘味就像冒險結束回家的心情。

「蘇小艾，這句話我不當面對妳說，妳是不會懂了。凡事要適可而止。」刑玉陽的手臂搭在我背後的沙發上，整個人傾向我，帶著一股熱氣和咖啡香味。

我嚇得抓住杯子往內縮。

「你幹什麼！」

「妳害怕？」

「沒有。」

「妳應該害怕，而且的確害怕了。」他說完收手坐了回去。

難不成他在測試我？

我臉色應該發青了，現在額頭還涼涼的。

刑玉陽是男人，這一點我沒忘，他很高，也很強，反應又快，用動物比喻就是獵豹。但他方才忽然很像個男人，我的意思是，讓我感覺不太好的那種男人，刻意表現侵略性。

「如果我和許洛薇沒及時趕到，妳會怎麼樣？一想到這一點，我就很生氣。」

我僵硬地喝了一口黑咖啡。

他不可能看見我在浴室裡拚命搓洗身上的紅腫，卻敏銳地發現我現在的鎮定是強撐出來的。

「對了，我想鎮邦也相當不高興，畢竟妳是他最信賴的學妹，他怎麼可能匆匆教訓完就放過妳呢？好好保重，我很期待那天到來，蘇小艾。」

「我錯了，對不起，幫坦一下好嗎？學長~」我忽然感受到秋決的壓力。

「不要。」

一直到下午刑玉陽離開後，我才會意他阻止我觀看證據和繼續接觸戴佳琬是擔心我的創傷症候群變得更嚴重，就不能好聲好氣說清楚？

無論如何，我還是希望戴佳琬能夠回家。

□

主將學長工作忙，這幾天暫時沒空檢討我，我趕緊跑到柔道社惡補對摔，一來是我意識到自己根本沒有實戰意識，緊張起來漏洞太多；二來我直覺認爲主將學長不太可能只是口頭教訓。

以前主將學長就沒有這麼甜，現在當然也不會。

我有機會打倒吳法師，結果慌了手腳，這是我很後悔的一點。好幾次進入地板動作，都因爲我寢技太爛沒能制伏他，不然柔道有很多動作可以在體型差的情況下勒昏對方。

畢竟柔道社男生多，立姿摔技還好，男女若要對練寢技彼此都會有所顧忌，即使性別平等的主將學長，示範寢技都會顧慮女朋友心情特別紳士化避嫌（也沒必要特地去壓女生，本社臭男生一堆）。就算我本人無所謂，一般女生都會在意和男生激烈肢體接觸，尤其是對柔道不那麼熟的新生。教練總是把我排給女生當對手，導致我也沒多少和異性鍛鍊寢技的經驗。許洛薇常和我說，看兩個男生纏在一起又滾又夾讓她臉紅心跳。

「小艾學妹，週四我排休可以南下，妳有社團鑰匙對吧？」主將學長一會兒就來了電話。

「……有。」哇靠！我不要這種心想事成！為何不是中發票特獎？

主將學長就說了這句話，加上兩個字「再見」，掛掉電話。

好，他果然很生氣。

上帝救救我，我眞的需要勇氣啊！

我把浴室髒衣服全洗了才冷靜下來。就是因爲看過主將學長生氣，我才會在他面前一直都是乖乖牌。我沒有保護自己，而且受傷了，這些偏偏都是主將學長的地雷。

練柔道難免遇到兩種危險狀況，一是隨隨便便來玩，另一種是好勇鬥狠非得讓對手服軟。我們柔道社不管什麼技巧只要有人提就會有一堆好奇寶寶催著教練和黑帶教，高強度練習和不管讀秒規則激烈搶手對摔卻很少有人受傷，全歸功於主將學長看得很嚴。

遇到不專心的社員，就算會嚇跑對方，主將學長還是特別抓出來操；拚命爭輸贏不保護對手或自己的人，主將學長操得更狠，畢竟大意的後果可能是骨折腦震盪，我還聽學長們提過全身癱瘓的例子。

「小艾，妳今天不是有工作？」許洛薇從窗簾縫隙後叫我，現在是大白天。

「濕衣服不晾會臭。那件事又不趕。」我揚聲回應。

當然不是我的工作態度忽然墮落，其實這件工作有點特別，我收的酬勞不是現金，而是拜拜完的零食飲料。

許洛薇家前面那條路的盡頭轉角有家小雜貨店，店主是一對老夫婦，子女都在外地成家立業，老先生則在我大三那年去世，剩下七十歲老太太獨自看店，老太太身子骨相當硬朗，小生意做得嚇嚇叫。

我大二就認識那對老夫婦了，畢竟兩個大學女生住在老房子裡種菜養雞太奇葩，附近住家多少都知道這件事。

許洛薇人正嘴甜，我也憨厚老實，正是老人家最喜歡的品種，大家都是街坊，老夫婦常常送我們各種粿和菜脯，我們則剪些鮮花回禮並在店裡買幾包餅乾。許洛薇不喜歡吃那些便宜餅乾蜜餞，自然由我消耗，不過她超愛菜脯蛋和蘿蔔糕。

我一個門外漢能作畦種菜養雞，當然是有專家指導，不過種玫瑰就不是務農老人家專長了，導致許洛薇的玫瑰園迄今還是處於詛咒狀態，只剩幾棵黃玫瑰苟延殘喘。

不要問我當初玫瑰園怎麼來的，以玫瑰公主的財力直接叫小貨車載一堆盆栽花苗來不是問題，我只要負責替她挖土種下去，種死還可以補進新品種。

由於白天小雜貨店得開張營業，又要和鄰里應酬，老太太總是晚上才一個人慢吞吞騎腳踏車去土地公廟拜拜，一年前她不慎在路上摔斷腿。

鄉下地方夜路冷清，但也不是全無車輛，好在小貨車只是輾壞了老太太的腳踏車，車主還順便將她送醫，沒有釀成更大問題，眞是不幸中的大幸。這把年紀了，雖然傷勢復元良好，老太太還是變成得拄拐杖走路，子女嚴禁她再去祭拜土地公，摔斷腿和住院的事也把老太太嚇壞了。

在我們這些能騎車的年輕人眼中，那間土地廟算是近，走路可就有點遠了；對開雜貨店的老太太來說，土地公是保佑生意興隆闔家平安的重要神明，於是她委託我代勞。

老人家有個精神寄託對健康總是好的，於是我每個月農曆初二、十六便幫老太太跑個腿，雖然之前我不信鬼神，但老太太信，於是我也很認眞地替老太太代禱一番，化化金紙。

畢竟是老太太的供品，她的心意，如果眞的有土地公，老太太應該要被保佑，所以該有的禮數我替她盡了，自己也問心無愧，這是我的想法。

我拿了老太太不少好處，雖然不是貴重的東西，只是一些點心吃食，但這個世界上會親切待我的人眞的不多了，有些人即使對我好，我也無法不兢兢業業，因爲人情債還不清，就像許洛薇的父母。

回到老太太的部分，每次祭拜她都會提前一天打電話提醒我，有時候還要我早點去拿她準備好的供品金紙，我想忘記都沒辦法。

「老太太也是希望有人能說說話嘛！」如今成了鬼的許洛薇感同身受。

我晾好衣服後回房間看書，主將學長對我的監控當然還沒解除，我有點害怕等他下班回來又得在視訊裡碰面的狀況，決定技巧性迴避。

「小艾，妳怎麼還在摸魚？」許洛薇怪問。

「今天要多花一點時間，老太太拜託我打掃土地公廟，她太久沒去了，很擔心廟裡髒亂。我是提過有其他信徒會掃，沒有很亂，但也沒很乾淨，老人家好像很在意，還說要額外給錢請我去掃。傍晚我摘好花再去。」我當然沒和老太太收錢，又怕老人家過意不去，請她隨便多給我些食物就好。

雜貨店老太太第一次問我能不能幫她去拜伯公時，我還愣了好一會，以爲她要我去掃墓，原來客家人將土地公稱爲伯公。

「幹嘛傍晚去，暗暗的妳不怕嗎？」

一個紅衣女鬼說這句話沒問題嗎？不過我每次中招都是在太陽下山前，心好累，再也不相信民間傳說了。

「妳會陪我去，當然不怕啦！」我燦笑。

許洛薇瞪大眼睛用力搖頭：「不行！我今天要把《主君的太陽》一口氣看完！」

「我拜完土地公還要去圖書館借書，然後逛書店和夜市。」雖然市區有點遠，但這就是我的目的，今天回到家想必很晚了，在螢幕前快閃道晚安便成了順理成章的事，反正和主將學長報備過後，我的行動自由還是受到憲法保障。

許洛薇在韓劇和花花世界之間掙扎，末了還是受不了誘惑打算出去玩。無論如何，現在只要我晚上出門，安全起見加上無聊，許洛薇非跟不可。

「我趁現在多看幾集！」她氣勢萬千地嚷嚷。

於是我們各自度過難得悠閒的下午。午後下了一場大雨，雲層都散了，晚上應該能看見繁星滿天。算算時間差不多，我拿著海碗去後院摘玉蘭花和含笑，都是許洛薇父親在購入老屋時就已經存在的老欉，幾乎一整年都能摘到花，只是花量多寡的差別。

許洛薇在後座迎著晚風嘰嘰喳喳，薄暮籠罩田野，路燈已安靜地點亮了，阡陌縱橫的小路上不時可見騎機車或開著小貨車的農人正準備返家休息。大學四年，我和許洛薇不知看過幾次這幅風景。

平淡又美好，我甚至有種錯覺，聞到一陣淡淡的玫瑰香氣。

現實中，許洛薇當然無法再噴香水了。

我想起前陣子遭遇的某個靈異事件，和冤親債主差點害我跳樓以及老符仔仙的事件相比，那個插曲就像開著小黃花的兔兒菜，尋常溫馨地長在路邊，不只是每次回想，即使在當時，我也絲毫沒有害怕的感覺。

時間回到打跑冤親債主的第三天，許洛薇很囧地告訴我，她揮冤親債主那一爪沾上的鬼汁還未消失，我們不得不一起嚴肅地探討了殺鬼的後遺症。

「可是我沒看到妳手上有鬼汁呀！」我第二天醒來就看見許洛薇的白嫩小手乾乾淨淨，自然以爲她清潔完畢，搞不好開著水龍頭洗了一夜，我還暗暗爲水費心痛。

「不是告訴過妳自來水洗不掉嗎？」許洛薇瞪我，舉起右手。「表面上是消失了，但我還感覺得到，而且很臭！」

我聞不出來，也不想聞到。

「看不見難道是……被妳吸收了嗎？」我顫聲問。

「才沒有！妳少烏鴉嘴！」許洛薇這句話說得底氣不足。

她說過鬼的瘋狂會傳染，我無法理解那是什麼感覺，但我知道人的瘋狂也會傳染，當刑玉陽堅持由他告訴戴佳琬眞相，我其實暗暗鬆了口氣，不用再和那個可憐的女孩子接觸了。

不是我害怕精神不正常的人，或者討厭她滿口胡話無法正常溝通，正因爲可以理解這種對身心逐漸崩毀卻無能爲力的情況，我會不由自主受她影響，但我爲了應付身邊不合常理的現象已經竭盡全力，許洛薇是我的第一要務，容不下第二個了。

「厚，妳還用沾著鬼汁的手抓著我搭車，很沒衛生耶！」這比挖完鼻孔直接摸人還過分！我抗議。

「妳是活人，沒差啦！」

「妳怎麼知道？」

「不乾不淨吃了沒病！」許洛薇感受到我的嫌棄之意，故意抓得更緊。

「等等，妳這兩年一直是地縛靈，又殺了三十幾隻鬼，噴到身上的汁怎麼辦？」她怎麼去廁所是個好問題。

我一直懷疑她的厲鬼型態會不會和殺了那些雜魚而感染某種髒東西有關，好比蜘蛛人突變之類……這是簡單的邏輯推理，如果厲鬼都長得不像人，那麼我的冤親債主當晚應該就會變形和許洛薇對打才是，顯然異形外表是殺傷力奇高的特例。

一朵鬼火飄到我面前，我緊急煞車，往後一看，許洛薇身上正冒出明顯幽光。

「我這兩年一直都在地上風吹、日曬、『雨淋』。」最後兩個字特別大聲清楚。

「這兩天晚上沒下大雨，還是妳要睡在外面等烏雲來？」我試著提出解決方案。

「妳試過被野戰漆彈連續打幾個小時的感覺嗎？」顯然許洛薇要洗掉鬼汁得先脫一層皮。

「那好像不太舒服。」我同情地說。

「好不容易有房子住了，我才不要再用那種方法淨化！」許洛薇都被雨彈打出恐懼症了。

「放著不管會好嗎？」

「當然不會，妳的冤親債主特別髒，我殺學校那些不認識的鬼……唉，其實也不能說是殺，他們死不死都跟我沒關係，他們主動攻擊，我只是不想被碰到，雖然也會沾到一點鬼汁，但不像這次這麼黏，屍塊也是過一陣子就不見了。有些惡鬼的髒臭會黏在身上去不掉。」許洛薇說她雖然不懂其中機制，不過就像她耳濡目染聽我解釋過的柔道比賽規則，有些反擊哪怕出界也不算犯規，反而不攻擊會受到處罰。

「當時妳幹掉那些鬼，應該是本能明白被動會有危險？」

「好像是這樣。躺著不動也沒有比較好！都要被強姦了還不還手損失更大。」許洛薇說完補了一句：「最好當鬼以後溫良恭儉讓行得通啦！活著時都沒這種好事了。」

許洛薇妳和溫良恭儉讓不是不熟嗎？我忍住吐槽的衝動。

當個安分守己的好人不代表你不會遇到危險、不幸受傷後心靈還能一直這麼乾淨。我會持續練武，就是想保護自己的精神不至於徹底壞掉，至少我有一塊淨土可以躲進去變強。我很高興許洛薇會還手，雖然以前她只是口頭陪我練武，好歹有把我千叮萬囑的重點聽進去，與其哭泣尖叫不如用物理解決問題──攻擊要害。

即使是活人，被惡意攻擊和覬覦玷污都會生出怨恨，鬼魂之間的怨恨會用具體形式殘留。無心造成的傷害，大多數人就算不爽也不至於怨恨一輩子，反之則不然。比如說，擠公車時被人不小心撞到肩膀，和被故意摸屁股，憤怒程度可是天差地別。

「所以，一旦妳主動攻擊，就算出發點是保護我，也打得贏，沾到的毒液還是特別難纏？」

「啥？這是毒液？」許洛薇也被我繞暈了。

「佛教不是說貪嗔痴三毒嗎？」這段時間我上網查過很多宗教資料，但臨時想起來的只有這個了。

「好像有點道理，大三還大四時我似乎有做過類似報告。」許洛薇迄今也因爲對腹肌的貪戀跳了不少坑，三天兩頭對我說她已經嚴重中毒。

「是我幫妳做過類似的報告吧？」我說。

「總之怎麼洗掉才是重點！」

「天然乾淨的水，量可能要大一點，水龍頭那種不行。大概是爲了要把洗掉的髒東西帶回大自然吧？」我不負責任地推測。「難怪日本人都要在瀑布下修行。」

「現在去哪裡找瀑布！再說瀑布都在山上，我們要怎麼爬上去？」

「妳爬上去就夠了不是嗎？」

「萬一我被沖走怎麼辦？」許洛薇緊張地說。

「果然還是淋雨比較安全。」我剛說完許洛薇就嚴重抗議不從。

在冤親債主那隻老鬼被許洛薇所傷的重創復元前，我們這邊也不能落下病根，當務之急還是得先找到淨化厲鬼的方法，雖然我覺得這句話從根本上就矛盾了。

但如果說一個厲鬼還能變得更壞，或許就是這樣不斷多重感染惡念造成的吧？

我靈機一動。「灌溉渠道怎麼樣？裡面的水也很乾淨，還有小魚和水草，山上一下雨溝渠就會滿水，也算是雨水的一種吧？」還好這附近一帶都是二、三十年前的舊溝渠，以現代人的話形容就是有符合生態工法，最近那種水泥灌模蓋的方方正正的水溝就不太會積泥沙長水草，魚蝦缺乏產卵躲藏的空間，也不再出現兒歌描繪的鄉村風景了。

我們測試的結果，許洛薇空身下水的確有可能被沖走，在我眼中只是水溝，換成她的感覺就相當一條河了，她得附在我身上才能勉強入到流水裡。

「沒想到水鬼也是一門專業啊！」許洛薇感慨。

二十分鐘後，我問她洗乾淨了沒，她說還沒，於是我頂著路人的異樣眼光繼續站在灌溉渠裡，幸好水深及膝而已。

我又等了二十分鐘，終於忍不住再問一次，雖然可以摸蜆兼洗褲，但前提也要我有河蜆可以吃。

「好像沒那麼臭了，但黏液還是洗不掉。」她也很苦惱。

「可能這處地點靈力不夠強吧？古人也有春天要到河邊洗澡驅邪的習俗。」這段罰站時光令我又想起更多資料了，沒想到隨便提議的做法還滿靠譜的，果然古代人也沒那麼複雜，大家都是有需求就想找到便捷的解決方法。

「換個地方？」許洛薇當下立刻要求。

換成我身上黏了鬼汁也會一秒都不想等，許洛薇的時間就是我的時間，她能早點洗乾淨回去看連續劇，我才能做自己的事情，於是一人一鬼無異議開始測量尋找最佳淨化點。

□

柔道社裡形形色色什麼性格喜好的人都有，我有個學弟特別喜歡玩網路遊戲，屬於目前已經不怎麼知名的3D回合制角色扮演遊戲「信長之野望」公測就開始玩的骨灰級玩家。

我不懂那個戰國遊戲的玩家為何每個人都有雙帳號乃至三四五六個帳號，學弟說這樣才方便，他聽說我時間自由，甚至拿了個包月的帳號要我幫忙練小號，等於免費讓我玩。

一個帳號包月就要四百，現在小孩子眞有錢啊！雖然他拉我下坑的企圖很明顯，但我實在是沒那個預算。

我說，進度不保證，就隨便幫你玩玩，對方也歡喜地滿口應承，小艾學姊不會偷賣倉庫裡的稀有裝備材料就比其他人好太多了，竟然就把帳密塞過來。

等我知道那個學弟居然能七開（用七個視窗開七個遊戲人物組隊，需要不同帳號），訓了他一頓遊戲不可以這樣玩，他說自己已經玩到爛熟，老戰友紛紛離去，所以才用這種方式支持逐漸沒落的老遊戲。

我實在無法理解，但學弟好像是那個戰國世界裡類似王永慶之類的人物，如果把這份熱情用在柔道上，說不定能和主將學長分庭抗禮。

我說隨便玩玩，眞的就隨便玩玩，幫學弟的小號練練等，支援他和他的遊戲朋友的小號，偶爾陪學弟打字聊天，自己則不營造任何遊戲裡的人際關係，我甚至選了個男忍者角色來練，大家都說暗殺忍像野狗一樣多，也不會有玩家來搭訕。

不是遊戲不有趣，而是我不想用別人的錢來營造回憶，哪怕只是遊戲記錄和虛擬世界的友誼，這讓我一開始就不自在，也怕由奢入儉難。

回顧了我貧乏的遊戲經驗，只是為了提到一點，「信長」的採集方式是到野外地圖到處按採集指令，找到正確採集點才會跳出隨機採到材料的文字說明，地圖上沒有任何提示，這個很陽春的功能不知為何總是令玩家樂此不疲。

學弟叫我不要偷看攻略，才可以體會原汁原味的新手玩法，於是我天南地北亂採還是採不到材料，動不動就被怪和衛兵打死，真的和這款磨人遊戲耗上了，許洛薇也覺得裡面的女藥師造型很可愛，提議創個新帳號一起玩，她出錢。

我最後還是拒絕，因為許洛薇絕對不會親自動手玩這種傾燒腦汁的遊戲，而我不想花時間在上面最後悔不當初，更何況我已經有柔道這個玩不膩的遊戲兼運動了。

「薇薇，妳有沒有覺得我們這個動作和玩信長時的採集很像，我一直在水邊找該死的清水和麝香……」我忍不住提起那個短暫的快樂回憶，忍者從小就比較會賺錢，到處殺怪採集攢錢的感覺讓我忘了煩惱，雖然那些錢連學弟一趟組隊戰鬥得到的零頭都不到，但我還是開心。

我只希望現實世界也能這樣，可以自己採集材料、做便當，生產家具藥物和武器，輕鬆就能活下去，就算不去組隊戰鬥也沒關係。

尾張野外有棵大樹下都是螢火蟲，雖然出的高級材料不多，我還是很喜歡去那裡掛網，許洛薇說我是神經病，一個人站在採集點不停地按著鍵盤傻笑，其實我是在作美夢。

「對耶！爲什麼裡面的帥哥都包超緊，了不起露個胸肌，害我提不起勁。」許洛薇跟著抱怨。

孩子，妳不知道那個遊戲的裝備競賽讓我聯想到悲慘的現實嗎？男人的倉庫裡沒有N套衣服包包鎧甲武器含浴衣和豪華染料那是不行的。

「妳找到點了沒？」把採集點換成淨化點後，完全就是我們現在的盲測行動。最可惡的是，就連採集點也有分差等，越遠越偏僻怪越多的採集點才會出高級材料，我不禁煩惱難道眞的得上山找瀑布？

「沒，這邊完全無感，God！水裡還有垃圾！」許洛薇先我一步跳上馬路，小腿纏著髒塑膠袋和菜葉，我望著星空默默無言。

鄉下嘛！空氣好歸好，但也不是桃花源。

一直到深夜，我就啃了個麵包，喝著水壺裡的冷開水打發了晚餐，雖然是夏天，但我覺得自己回家鐵定感冒，就算不是什麼可怕的事，我也不喜歡一直站在灌溉溝渠裡，不知會不會有水蛇或死老鼠之類？有的溝渠比較深，加上噴濕和不慎滑倒，我幾乎是全濕了，腰部以下更是不停滴水。

剛從溝裡爬上來時，一輛剛好經過的機車瞬間加速，時速目測超過八十，我可能意外幫地方上製造了新怪談，不用客氣。

「要不，我們今天就到此爲止吧？小艾妳的傷口還沒好！」許洛薇小心地說，大概是看出我累了。

任性的玫瑰公主居然先開口，我反而說不出抱怨的話。強迫將我搬去看急診的是她，許洛薇也知道這樣泡水對我摔車的傷勢不好，還是讓我奔波一整晚，想必是鬼汁的影響比我以爲的要嚴重。

再說，她也提了鬼汁比大便還髒的重點，朋友手上都沾了大便，不讓她去洗乾淨還是人嗎？

「沒事，我有貼防水ＯＫ繃和保鮮膜包紮，回家前再找一下，白天妳又不能出來，再者這也是攸關我們性命的問題。」我這樣說可不是開玩笑，「要是妳不正常了，會不會第一個就抓我？」

「才不會！所以我不就想快點洗乾淨嗎？」許洛薇因爲我直言不諱生氣地扭了扭，表情卻像鬆了口氣。

我們總是這樣直接把問題挑明，省得妳猜我我猜妳。

我不知道她被鬼汁惡化是否會攻擊我，但我知道清醒時的她絕對不願意這種事發生，這就夠了。

「幸好妳上次只是單手出招，萬一遭到大範圍鬼汁噴濺，我豈不是要全身都泡到水裡陪妳一起淨化，冬天怎麼辦？說不定我可以去找野溪溫泉，我不太想因在灌溉溝渠裡漂流上新聞。」我隨口亂說。

「野溪溫泉好耶！」

「省省吧！妳不是說現在我隨便就會被魔神仔牽走，妳打得過魔神仔嗎？」

她很認眞地歪頭想了想：「沒試過，還是不要好了，我這麼漂亮萬一一起被抓走怎麼辦？」

「去妳的！」

「回家了，小艾，明天再找，我想喝熱咖啡。」許洛薇坐在機車後座上斬釘截鐵說。

她若不附身，我站在水裡只是做無用工，因此我也離開水溝擰了擰褲管。

「最後一次。」我這個人就是不容易死心。

「最後一次。」許洛薇定定看著我，眼神有點複雜。「不要騎太遠，就在這附近找。」

我忍著渾身不適跨上機車，憑直覺在田間小路騎了約五分鐘，忽然看見不遠處的水銀路燈陰影下有道眼熟的背影。

老人肩膀很挺，穿著細格紋白襯衫加上腰帶和西裝褲，彷彿從我留意到他的瞬間，他就開始往前走，我不記得他原先是站著或正在走路，總之一個恍惚的閃神，我便看見襯衫老人了。

我下意識將車速放到最慢，與深夜出現在路旁的襯衫老人保持距離，一邊在心中回想熟悉感的由來，許洛薇有點緊張，她的情緒透過接觸傳到我身上。

老人仍是慢吞吞地走著，我速度再怎麼慢畢竟是騎機車，但我們與老人的距離居然拉大了，奇妙的是，面對這詭異的一幕我倒是不怎麼害怕，全因那份無來由的熟悉感。

「小艾，他是『那個』吧？」許洛薇說。

「大概是，沒有不好的感覺，這個角度看不見臉。」但我也不是很想看到老人的臉，難保不是一片空白，或那冤親債主裝來騙我的陷阱。

「那套舊襯衫和身形挺眼熟，我想想……是雜貨店老伯嗎？」公關好手許洛薇發揮了她強大的認人本領。

「是老伯沒錯，算起來他差不多去世三年了。」被她一提醒我也想起來了，雜貨店老伯的喪禮我和許洛薇當時也有去靈堂上香，沒想到下一年接著走的就是我的好友。

早已離世的故人陸續出現在生活中，滋味難以形容。

「他走在前面好像是要帶我們去哪裡？」許洛薇又說。

「跟上去。如果老伯沒轉身叫我們，還是不要主動衝過去，萬一嚇到他也不好。」我聽許洛薇說過，大多數孤魂野鬼都不太清醒，根本溝通困難，再不然就是一直跳針，頂多是親人或少數通靈者感應強的能暫時接通頻道。

話說回來，誰規定通靈人和鬼之間一定很好聊？就算活人對話都會鬼打牆了，鬼跟鬼之間……君不見連中文系公關美女的許洛薇都成了暴力虐殺流，還是別提了。

「我可不知道會發生什麼事？」許洛薇嘟囔。

「行了，就當爲老太太去看看情況。」我催動油門追上雜貨店老伯。

雜貨店老伯似乎不想讓我們近身，距離一直保持在五十公尺左右，過了一個轉彎，襯衫老人站在路旁一叢芒草前，等我騎進那條小路後鬼影已消失不見。

我繞過草叢，發現後面有條老舊駁坎小水溝，水溝對面是一塊用鐵絲網圍起的雜樹林，我與許洛薇面面相覷。

「老伯的意思是要我們在這邊洗嗎？」許洛薇問。

「奇怪，這附近我應該來過，只是晚上太暗認不出來。」我說完小心地跨過水溝來到駁坎那一邊。水溝很矮，駁坎上堆了一層土，長出許多開著小紫花的野草，水溝大小大概只夠我一個人站進去。

許洛薇甚至沒附在我身上就跳了下去，畢竟水深也才比腳背高一點。

「有效！而且我可以自己洗！」許洛薇驚喜地叫道。

「爲什麼這邊會有淨化點？」我瞠目。

「天知道！」許洛薇坐在駁坎邊緣垂手撥著虛幻的水流，有如這裡不是近乎乾涸的水溝，而是一條乾淨平緩的小河。

微風穿過我的髮絲，方才一直悶著的呼吸不知不覺順暢不少，即使如此，我還是又冷又虛弱，從背脊裡透出來的冷。我剝掉保鮮膜，才發現幾塊OK繃已經滲了水，傷口浸得泛白腫脹。

我陪許洛薇淨化了兩個小時，還是她一直催我，我才願意回家休息。

雖然沒有完全淨化，但從許洛薇放鬆的表情看來，我猜這處小水溝療效驚人。

「明天早點來，兩天就能洗掉噁心的鬼汁！」許洛薇宣布。

「太好了。」

「小艾，妳臉色好蒼白！」許洛薇高興之餘發現不對勁。

我對著機車後照鏡照了照：「還以為是路燈光線影響，好像真的生病了，沒差啦！明天我會睡一整天！」

這時還沒與主將學長重逢的我甚至為生病了就擁有光明正大休息的理由感到開心。我知道很傻，但有時候就算旁人不說話，自己也很難不在意。

「妳幹嘛這樣啊！」她站在駁坎那邊，對坐在馬路這邊的我怒叫。

「是怎樣？頂多小感冒而已，把這個問題解決不是很好嗎？以免夜長夢多。」我真的覺得沒什麼，多撐一下子急迫的問題就解決大半，這很划算了。

她鼓著臉頰沒回答。

「妳才是，以前叫妳不要亂熬夜喝酒都不聽，還熬到急性腸胃炎送急診！哭鬧著會死掉！」我吐槽回去。

玫瑰公主立刻心虛了。「走了啦！明天再去雜貨店看看老伯在不在，不在就謝謝他老婆，雖然我不知道他為何要幫我。」

難道是我幫老太太跑腿的回禮？無論如何這個禮物來得太及時了。

熱水流過傷處時我無聲咒罵了好幾句，心情卻舒暢無比，我到客廳重新清理消毒傷口，花了不少時間，還沖了杯熱咖啡給許洛薇，搞不懂她爲何今夜不要更香的咖啡粉，不過我也跟著喝了一杯。

「還喝咖啡妳到底想不想睡！」許洛薇碎碎唸。

「慶祝嘛！反正這麼累等等我反而更好睡，還有剛感冒喝熱咖啡會比較舒服，好好休息沒惡化就不用看醫生了。」這是我第三個靈異事件，沒想到卻這麼開心。

翌日我沒眞的睡一整天，中午就醒了，穿著運動服和薄外套順著昨夜印象去找淨化點，不能期待許洛薇那個路痴替我記路，我的直覺沒錯，道路背景很熟悉，這一帶我來過不少次。

果然繞過那座雜樹林就看到熟悉的土地公廟，昨天我和許洛薇亂繞尋找淨化點，又被雜貨店老伯的鬼魂從我不習慣的路線引到雜樹林另一側，加上深夜印象與白天不同，才會沒發現許多路我這幾年都走過。

晚上帶許洛薇前往淨化點我就知道要怎麼走最省時的捷徑了。

之後我不但感冒了幾日，傷口也有些感染，幸好這些後遺症都在我意料之內，一開始就做好因應對策，晚上出門還能帶上摩卡壺和登山爐，許洛薇在淨化時，我也能磨豆子煮咖啡給她享受，再泡我自己的沖泡包，用手機看小說。

感冒剛好，傷口不再繼續惡化時，精神萎靡的我便接到那通預告主將學長回歸的電話了。

Chapter 09 / 交換回憶

「小艾，妳走神很久了耶。」許洛薇趴在我胸口用貓掌打我下巴。

「我在想前陣子雜貨店老伯帶我們找淨化點的事。他就出現這一次，連正面都沒看到，還來不及說謝謝人就不見了。」

「幽冥界有很多沒辦法解釋的事，就像我也不知道為啥會被黏在地上，之後我去學校巡邏預防冤親債主偷偷回來，還陪妳去社團練柔道，可是都沒看到其他自殺的鬼。照理說我們學校跳了那麼多個，地上應該也黏了不少才對，除了我以外一個都沒有！」許洛薇忿忿不平地說。

為什麼她會好奇學校地上有沒有黏鬼這種事？我決定不問這句廢話。

「反正很近，妳也不能進廟，前陣子碰過那個老符仔仙，等等還是再去淨化一下。我順便打掃廟裡，掃完就去找妳。」我對許洛薇分配任務。

「了解！要不是小花被妳抱去結紮，現在必須休息，我自己就能去淨化。」許洛薇說。

「主將學長都出錢了嘛！早點了卻該做的事也好。牠要是不小心生小貓，我們連貓奶粉都買不起。」我說。

我要許洛薇若提前淨化完就多泡一會兒，看能不能提升一點靈氣，然後騎車到土地公廟，專心完成雜貨店老太太的委託。

我將裝在保鮮盒裡的香花放進淺碟裡供奉在神案上，空氣中立刻溢滿清香，接著開了個貓罐頭供奉給神案下的虎爺，爲小花祈禱平安才開始打掃，同樣都是貓科動物，希望這樣做有效。

我和許洛薇收養小花，起意並非讓小花當許洛薇的替代附身容器，只是情勢所逼還是演變成這樣了，又買不起更好的營養品慰勞小花，只好在此先許個願，希望危機全部解除後，小花能從此跟著我們過安逸的生活。

打掃結束後下了場傾盆大雨，人算不如天算，我們還是躲不掉想逃避的考驗——視訊裡的主將學長，以及對許洛薇來說宛若乒乓球發射的大雨。我告訴她，這算有進步了，和漆彈相比乒乓球比較不痛，她的回答是很希望我同時嘗嘗這兩種滋味。

另一則讓我意外的小插曲是，我以爲老太太委託打掃的謝禮頂多是一袋麵包和幾罐飲料，沒想到是別人自家種的一大包台梗二號米。她吃不完，因爲不只一個退休農友送她米。

我拿出吃奶的力氣將米袋扛上腳踏墊載回去，還得去第二趟拿老太太堅持要我收下的餅乾飲料；我也回贈自己做的泡菜和蘿蔔乾，這比給我錢要讓我開心很多。

然後，來到了主將學長對我單獨指導的那天。

「學妹，這次妳輸了，犯過的錯不能再犯。妳該對不起的人不是我，是妳自己。」

「學長，我……」我眞的很愧疚。

「全部一起檢討。」

「啥?!」

於是我只能鉅細靡遺地描述踏進吳法師道場的每一秒，方便主將學長模擬對戰條件，接著他從一開門就撂倒吳法師到最後臥房決戰，每個地點、時刻都示範了我如何佯攻擊倒神棍的做法，連逃跑教學也沒放過。

只要我一失誤，就先罰伏地挺身十下再重來。

「眞實戰鬥中，沒有犯規，也沒有裁判喊停，認輸對方也不會停手。如果妳要拿柔道當護身符，就要習慣實戰亂取，豈能打一下就喘？打不贏也要能跑。」主將學長語重心長地說。

雖然早在中場時我的伏地挺身就只剩下貼在地墊上哼哼兩聲，但練習還是得繼續。

和無極天君扭打時造成的紅腫擦傷已淡化許多，我每次洗澡換衣服看見身上痕跡還是覺得異常噁心，直到被主將學長教訓了一整天，全身上下多出更多瘀青，小腿和手掌都因爲全力做受身拍紅了，腳背還扭到，我卻有種瀑布灌頂的爽快感。

身上的汗也像瀑布一樣地流，隨便抹臉舔舔手指都是濃濃的鹹味。

主將學長要我坐在椅子上，把右腳擱他大腿，讓他扳來扳去檢查，他們這些練武多年的高手都會幾招推拿。確定我骨頭沒事，噴完肌樂要我回家冰敷休息，本次處罰安全通過。

將曾經傷害過你的人在模擬戰鬥裡連續五十次扁成豬頭，還有個專家在旁邊指導你可以把強暴犯這樣又那樣，實在挺解氣的。

爲了讓主將學長示範正確招式，我一直都在扮演強暴犯的角色，爲什麼這樣也有療癒效果？我納悶。還有，爲何主將學長配合被我摔了那麼多次還是神清氣爽？

我意外得知一個可怕的祕密，寢技才是主將學長的必殺技，他太常用摔技完勝了，平常更沒有人能放倒他，導致我們都很少看過主將學長的另一面，這絕對是經過充分實戰才有的禁忌水準。

順帶一提，因爲是實戰演練，沒有讀秒超過鬆手或禁抓哪兒這回事，放膽攻擊的我居然被卡得動彈不得。

寢技眞的不好練，因爲得有旗鼓相當的對手，人家還願意陪你滾地板，我今天就有幸體驗了一把爐火純青的全套壓制變化美技。只能說，很想死。

我眞的對空氣喊教練救命了。害羞？根本沒那種美國時間，我只覺得自己快要變成消波塊。

許洛薇也從一開始的興奮嘿聲怪笑，到對我不知第幾次被寢技綁成粽子感到無聊，最後乾脆用小花身體打了個大大的呵欠，連牙床都露出來了，然後盤成一團窩在主將學長外套上睡覺。

沒有觀賽的價值眞是對不起了！我怒，決定刪掉她的殺手學弟動態腹肌桌面。

主將學長還在分析我犯過的錯誤，我唯唯諾諾不敢有二話。

「補救反應很好，不過，把男人綁在床上這種事不能再犯了。」主將學長很認眞地說。

我明明說是綁在床腳地板上的！對，我說謊了，但對象是主將學長時面子不能不顧，而且和事實又沒差多少。

我默默鄙夷刑玉陽的大嘴巴。

□

「蘇小艾，昨天警察打電話給我，以防萬一，過來串供。」

「虛幻燈螢」的營業時間結束後，刑玉陽這句通知把我像閃電一樣拉到他的咖啡館。

「警……警察怎會打電話給你？檢舉吳法師吸毒的不是我嗎？而且我還是用公共電話加假聲匿名檢舉的耶！」我衝進大門後心臟還在怦怦跳。

「向吳法師預約問事時，我留的電話沒造假，一半是故意的，如果將來眞的要當戴佳琬的證人，僞造太多個人資料會降低檢方信任，被質疑我一個路見不平的學長爲何懂這麼多手段，是否有從網路找人釣魚的嫌疑？而妳裝成我妹妹的假名也和我只差一個字，顯然我倆是一夥的，我就能代表妳解釋。只要讓警方覺得我們當初潛入神棍家的行爲情有可原就好。但要做到什麼程度，還是要拿捏一下。」刑玉陽拎著一個裝滿蔬果汁的玻璃壺放在吧檯上，一副剛打烊的閒散貌，現在只要和我獨處他就不戴墨鏡了，大概怕我把墨鏡當成他的本體。「現在情況到底是怎樣？」

「許洛薇沒跟妳來？」刑玉陽沒立刻回答我，反而詢問許洛薇的去向。

「來是來了，但她在咖啡館門口看到一隻野狗，決定挑戰附身，反正我都到你這裡了，就讓她自己玩一會吧！」其實是許洛薇不想和刑玉陽面對面，我也不想勉強雙方搞社交活動，光是想像就……好吧，我想像不出來，也不想當傳話筒。

「也好，我之後有話想單獨問妳。」

又是和紅衣女鬼同居的事嗎？我才剛應付完主將學長的處罰，都第三天了還是渾身痠痛虛脫，如果刑玉陽準備說教就關著耳朵發呆好了。

「你和警察都說了什麼？」我在刑玉陽面前的位子坐下。

「妳的檢舉替我們省了不少事，我只是提點警方將受害人和戴佳琬連上線。」刑玉陽倒了一杯蔬果汁給我喝，終於不是黑咖啡了。

據說，一切順利到主將學長和刑玉陽都有點不可思議，大概是警察真的很缺業績，我們前腳剛離開高級大樓報案，警察沒多久就趕赴現場，按鈴沒人回應，警衛也提供有兩男一女先後匆忙離開的目擊證言，尤其女的還受傷，都是那間私人道場的信徒和工作人員。同時不少住戶也出面投訴吳法師行徑詭異，經營私人道場導致來往出入分子複雜，異口同聲支持警方入內搜索，還有嚷嚷如果再不查要去投訴。

於是警方守住大樓，等搜索票下來後找大樓管理員開門，臥室景象果然很精彩。

警方搜出毒品後（我將只剩一點點的白粉袋放在枕頭下面）立刻將吳法師帶回驗尿，另外警察還搜出好幾個針孔攝影機，懷疑吳法師偷拍恐嚇他人，順便扣押他的電腦，犯罪證據都在裡面。

原本是擔心吳法師湮滅證據或警察吃案才先備份，現在也算省了我們遞交證據的麻煩。

或許是吃藥加上老符仔仙附身控制的影響，吳法師直到晚上才清醒，卻斬釘截鐵表示一切都是無極天君的指示，那套天命說也讓警方明白了吳法師的噁心勾當。

「我告訴警察，我是陪『網友』去見吳法師，聽說那人可能是神棍，我的學妹也是受害人，勸『網路上的小妹妹』別再去，但那個痴情的小女生不聽勸，我察覺不對勁才跟去阻止。」

原來刑玉陽那個腦殘劇本是準備來應付警察，萬一免不了和警方接觸，關於我們為何出現在那裡的動機過程總要有個交代。

「圓得過去嗎？」我光聽就覺得擔心。

「我今早去做完筆錄了，沒什麼問題，只是嚇嚇妳。」刑玉陽聳肩。

「什麼！」

「我們去過那間大樓終歸是事實，警方從信徒通訊資料和吳法師近期行程表查到我的手機很正常，就算吳法師不記得整個過程，他至少也知道妳到過那裡，逃跑的鄧榮見過我，而警衛則看見我們。不管他們有沒有供出那間屋子裡發生的事，否認當天在場就太愚蠢了。」

「那你到底怎麼回答，我也要去做筆錄？」我完全混亂了。

「離開大樓的先後次序很重要，多虧那個警衛夠八卦，強調妳一個人心不在焉去找吳法師在先，不久後我和鄧榮一起出現上樓，才過一會兒鄧榮卻匆匆忙忙獨自離開，這裡是重點。」

刑玉陽用手掌蓋住他的白眼，只用人類那顆深褐色眼睛望著我，浮出一抹狡黠笑容。

他說：「因為鄧榮沒有立刻找警衛阻止我們，等於那段時間內無論我們在屋子裡做什麼事，都不是須要鬧大報警的壞事，這個反應也坐實了他是吳法師的同夥，就算後來他指控我們，咬死不認就是。再說鄧榮也沒看見臥室裡的情形。」

「不要再賣關子了，吳法師被綁在床上的事你怎麼蒙混過去！」

「我們沒看到吳法師，也不知道他被綁在臥室床上玩奇怪遊戲，嗑了藥神智不清，道場門沒鎖，我的『網友』按照預約走進去等，我隨後趕到，想帶妳離開時妳自己『不慎摔倒』，至於把吳法師綁在床上的變態大概是鄧榮吧！」

「哇噻！你開過東廠嗎？」別以爲我沒發現他趁機偷罵我變態。

刑玉陽沒好氣地橫我一眼。

「他們在電話裡詢問時，我配合良好，早上去做筆錄主要是爲了陳述戴佳琬的入院經過，筆錄裡關於妳的部分就只有我剛剛提的第一段。我說那個網友妹妹未成年，才會留假名和我的手機，本人和家裡都不希望她涉入這些風波，所以不會再出面了，我也保證她沒有跟著吳法師吸毒或遭他毒手，就只是個誤闖狼窩的迷信小女生，相關過程記錄由我代表，警察表示可以理解，類似的事情他們不是第一次遇到。」

「如果後來吳法師或者鄧榮又針對我們，警察查出你在筆錄裡沒說眞話怎麼辦？那算作僞證嗎？」我焦急追問。

「蘇小艾，就算沒有妳，爲了戴佳琬找上吳法師時，我和鎭邦就研究過倘若吳法師向警察檢舉我們騷擾他，相關筆錄要怎麼應對，這方面他比較懂。」刑玉陽開了一瓶冰啤酒懶洋洋地喝著。

「那是什麼意思？」

「簡單地說，因爲法條限制，在筆錄裡隱瞞妳的身分這件事不符合『僞證罪』的成立要件，也不構成『使公務員登載不實罪』，更別說不適用『誣告罪』，我根本沒想要陷害誰有罪。鎭邦還特地翻書確定過才找妳幫忙，妳只要乖乖聽話，由我們善後，警察沒事不會查到妳頭上。」

刑玉陽說，因爲吳法師被發現的姿態太過有礙觀瞻，警方基本上很難懷疑是我們兩個路人甲下的毒手，缺乏動機和興趣。

難道從我被要求做安全回報那一刻開始，主將學長說要準備考試，其實是再三確認我不會事後被牽連進去？

虧我還想獨力承擔下來，這兩個學長卻一開始就爲大家找好退路了。我再次爲自己的莽撞和低估他們感到汗顏。

沒有觸法，傳說中的技術性犯規。

「若有極低的機率妳是我學妹的事被警方發現，還有意追究，就用今天的說法統一口徑，別再編其他藉口。我已經承認爲了戴佳琬才會追查吳法師，然後在調查私人道場資訊時認識這個網友，能撇清的都撇清了。就算警察懷疑我在袒護某個女生，通常也能夠理解我爲什麼這麼做。」刑玉陽用告一段落的語氣說。

「你們眞的不會有事嗎？」我最擔心的還是這一點。

「妳看鎮邦就知道警察有多忙，再說眞的要辦也是查毒品和神棍騙財騙色的部分，妳在杞人憂天什麼？」

「我怕老符仔仙說話不算話，那兩個壞蛋又找不肖警察拿到你的個資，誰曉得他們還有沒有其他朋黨？」

「想太多也無濟於事，妳忘記我說過的話？」

「……適可而止。」他這句話又害我想起那次該死的測試動作。

「知道就好。」刑玉陽哼道。

他從剛剛就開著白眼。我忽然意識到這個事實。

現在沒有旁人，又是在他自己家裡，難道他要防的目標是許洛薇？

「你剛才說要和我單獨談的事是什麼？」

他霍然站起，朝我跨了一步，一掌按著桌面居高臨下看著我，我被他的氣勢壓制得動彈不得。手裡拿著咬到一半的雜糧手工餅乾，我的樣子一定很蠢。

「妳是不是不想活了？」

刑玉陽那句話並非在責備或呵斥我，反而是若有所思，很平靜精準地刺中了我某個失去彈性開始腐爛的弱點。

我足足愣了一分鐘，才眨著眼睛小聲反駁：「沒有……」

旁人眼中的我其實算是正向，雖然沒有很活潑，但不會陰沉到哪裡去，所以我最常被丟中的形容詞就是木訥老實，自己也覺得挺平庸的。

並未刻意戴上笑臉面具，我的人際關係其實已經簡化到不須要承受太多壓力，加上柔道又是我的興趣，那些歡笑和興致勃勃都是真的，面對信賴的人們，我的開朗也是發自內心。

和許洛薇同居的那四年，她那歡脫得簡直是外星人的土豪公主作風對我影響很大。

我討厭自殺，也討厭自殘，這是真心話。另一方面我又能理解，絕大多數人都不喜歡這些事卻做出來，那是內心有股不得不爲的衝動，只是目前我還能克制這股黑暗。

說來有些可悲，不是我充滿希望，而是一想到父母和許洛薇，我只是單純不想和他們做出一樣的事。我對未來沒有期待，但欠債還錢天經地義，欠的人情也還沒還清，不想任性地死了，留下屍體麻煩別人收尾，打算認眞活下去，就算不快樂也一樣。

還是有些人會爲我的死傷心，大多是待過柔道社的人，雖然這麼說有點迂腐，我也不想變成學弟學妹的負面教材，在他們的歡樂大學生活染上陰影，雖然解決問題的能力很不足，我還不想放棄問題。

「但是爲了救人或者不可抗力的意外死掉，妳就完全歡迎了對嗎？」刑玉陽又逼近一段距離。

「你幹嘛要問這個？沒你講的那麼誇張好不好，可以的話我也想開開心心活著！」我忍不住衝口反駁。

「妳留一個變成厲鬼的朋友在身邊處處維護，很難覺得妳還想活下去。蘇小艾，人類對異類有天敵本能，會下意識保持距離，這和妳喜不喜歡她沒關係，但妳心燈滅了，跟死了一半沒兩樣。妳覺得沒什麼不好，這就是最大的問題所在。」

「以我的情況來說就是沒什麼不好！」我頑固地強調。

「所以我想搞清楚到底妳爲何會變成這樣，不然遲早都會出事。這豈是妳說不用管，我和鎭邦就能眞的不管？」刑玉陽咄咄逼人。

「我不想說！」

我用力揉揉鼻子壓下那股酸楚，起身就要離開。

「原因和妳的過去有關。」刑玉陽一把拉住我，我沒想到他會動手，登時愣住。「我可以不告訴鎭邦，但妳必須一五一十說出來，不許遺漏。」

「你到底想知道什麼？我沒有刻意放棄，我也很努力活下去了！薇薇對我眞的很重要！我們又沒有傷害別人！」

「妳們在房間裡對無極天君做了哪些事，把那隻老鬼嚇成那樣？日積月累，敢說以後不會有更嚴重的作爲嗎？」

被人抓話柄的感覺好不爽！一副不許小孩子偷玩火的口氣，以爲他是誰！

「先坐下。」刑玉陽將我按回去。

我基於不浪費的原則將餅乾吃完，又喝光只剩幾口的蔬果汁，刑玉陽立刻替我滿上，用食物牽制別人的做法好卑鄙。

「爲何不想說？」

「廢話！你會把隱私和不熟的人說嗎？你知道了又能怎樣？我也不想讓別人插手。反正主將學長已經告訴過你我的過去，我孤家寡人沒牽掛啦！」我彆扭地縮起肩膀。

「那種像履歷自傳的內容太籠統了。」刑玉陽想了想，「所以原因出在妳不信任我，那麼鎮邦來問妳，妳就願意說了？」

我深深吸了口氣，忍住翻桌的衝動。

「主將學長又不懂靈異的事，更沒有陰陽眼，我不想告訴他，沒什麼好說。」

刑玉陽道：「不說清楚妳就別想走了，怎樣妳才肯說，開個條件。」

「你何必非得知道？」我氣結。

「未雨綢繆。總比等妳出事，我和鎮邦一頭霧水來得好，都差點被鬼弄死了，事出必有因，難道妳就不想聽聽別人的意見？再說，我也很介意妳那個冤親債主。」

刑玉陽每句話都讓我難以反駁，但我就是不想配合他再去挖掘過去的傷口，我好不容易才把往事打包封存。

「刑玉陽，不將心比心你是很難懂了，那好，你說多少我就說多少。」其實是他咄咄逼人的樣子讓我很煩，我的過去並非見不得人，但是，隱私是一個人最基本的自由，說多少細節是我決定的。

另一個困擾是，就算我願意說，也不知從何說起，刑玉陽問不到他想要的答案，因為連我都不知道答案是什麼。

心燈為何熄滅，冤親債主為何找上我，這些事你問我我問誰？

「妳想知道我的祕密？」

「坦白說，不想，你可以不要問了嗎？」我只是打個比方！

「不行。」

「嚴格來說也不是祕密，大家都有不想被不熟的人知道的事，像是眞實性向或薪水收入和怪癖之類。你生活這麼逍遙，頂多是有顆白眼奇怪了點，不知道有些人光是回答最普通的私人話題就很吃力啊！」我硬著頭皮說出心聲。

刑玉陽抬頭思考，「妳的意思是，這和自尊有關？」

「不然咧？」教我柔道的學姊可以毫無壓力自爆她這個月又借了多少錢，今天的內衣顏色和三圍體重，但死都不會讓別人知道她是腐女，把社團裡的男性都做了戀愛配對，而且初一十五不一樣。

至於我會知道，只能說守住祕密需要找個壓力出口，碰巧我就是那個出口。

「好，我說多少妳說多少。」刑玉陽也回到座位。

「等等，眞的不用這樣……」

「相反地，要是我說完後，妳沒給出同等的分享，我就要連同之前的事都告訴鎭邦，妳和死了的許洛薇同居，還被冤親債主纏上。妳就給我洗耳恭聽吧！」刑玉陽的微笑怎麼看怎麼冷。

和惡魔做交易的感覺莫若於此，主將學長怎麼會認識這種人？我好苦。

刑玉陽定定地看了我一會兒，與其說他在掙扎說與不說，不如說他在觀察何時開口對我的驚嚇效果最好。

這種異常的鎮定感，通常出現在主將學長要摔我、我要被摔慘的前一瞬。

「我是私生子。」

「這沒什麼吧！」我秒接。

「這間房子連土地是我向親生父親敲詐來的。」

「好的，有點驚人。」

「以上是示範，我不想知道妳這種程度的回答。」

他說了生父的名字，我完全沒聽過，於是他又說了某個大集團名字，我還是狀況外，刑玉陽再度列舉幾個國際廠牌，我似懂非懂，最後他罵我是不看新聞的死老百姓。

「我很關心時事好嗎？」今年要出的冬番動畫、某檔美劇下一季續訂還是被砍掉、某某大手要開新坑連載我都知道。「……只是跳過財經消息而已，那對我又沒用。」

「就是小說中常常寫到備受家族歧視冷眼的有錢人私生子嗎？爲了替媽媽爭口氣，和同父異母的兄弟爭奪財產……」

「沒有，從小到大都跟著我媽，沒見過生父那邊的人，她獨自養大我，我從遺書和一起留下來的親子鑑定書才知道生父是誰。」刑玉陽爽快地潑我冷水。

「那個，我還需要知道哪些？我真的對別人家隱私沒興趣。」我不安地說。

「我生父已經結第三次婚，光是檯面上就有四房，更別說頻繁更新的愛人女友，我媽連小三都稱不上，只是那男人有次無聊裝成英文老師拐騙少女的風流記錄。」刑玉陽不屑地說。

「我媽知道他的眞實身分後，氣得立刻就分手了，畢竟也不是所有女人都那麼愛錢，再說，有權勢的男人，他的錢豈是別人可以隨便花的？那男人只是想嘗嘗戀愛滋味，但說那種人眞心愛我媽，那就是笑話了。」

「可是她還是把你生下來了。」我聽了也覺得很生氣。

「我是寧願她當初別生，反正我不懂女人的想法。她說我是她兒子，一輩子跟她姓，我大概七歲時就知道自己是私生子，白眼的能力也是那時覺醒的，我媽一度想把我送去給那男人，用他的財力治療這顆怪眼，就和我商量，問我要不要回很有錢的爸爸家。」

「你拒絕了？」

「我回答，我沒有爸爸，不想離開媽媽去陌生的有錢人家被欺負。」

「這也太早熟了。」我啞口無言。

「我家再窮也有電視好嗎？蘇小艾。我媽最喜歡跟我一邊看豪門恩怨，一邊笑他們無聊。」刑玉陽鄙夷地看著我。

「令堂心好寬！」

「也不是這樣，我媽只是說被狗咬一次和被狗咬幾十年是不一樣的事。」

我好像在刑玉陽身上看到遺傳的神祕，這種微妙的記恨方式讓人毛毛的。

「既然這樣，幹嘛去做親子鑑定呢？不就是希望生父撫養的意思嗎？」我只好順著他的話問。

「那是以防萬一用的，擔心我生病須要花大錢之類，畢竟我媽大學還未畢業，懷孕找不到工作，家人只知道她未婚有孕氣得要命，將她趕出家門，幸好有朋友接濟才熬過來。」刑玉陽淡淡地說。

我終於明白他爲何會爲戴佳琬的事付出這麼多，直屬學妹和他母親當年走投無路的情況如此相似。

「那男人不缺男丁，我已經有六個哥哥和兩個姊姊，這些年不曉得還有沒有多出弟弟妹妹？鐵定有。他大概還滿喜歡我媽，聽說其他情婦想生孩子還會被他規定避孕。戀愛遊戲結束後他提出要養她，這個孩子生不生他都無所謂，若願意生他會提供金錢照顧，只是須要先通過親子鑑定，還有日後不可能承認我的身分。」

「垃圾。」我這樣評論。

刑玉陽頗有同感地補了句「淫蟲」，繼續說：「我媽是大美人，後來不是沒交過男朋友，可惜帶著我這個拖油瓶，最終還是沒找到好歸宿。這顆眼睛倒眞是個麻煩，我媽一直拚命打工存醫藥費，想幫我治好它，都累出病根了，才會在我十五歲時就得腎臟病去世，算是有點戲劇性的故事。」

「這跟戲劇性沒有關係好不好！令堂超有個性，很偉大！」我小心翼翼地問：「所以你們眞的沒向有錢人求助？」

「本來從我出生後就沒有聯絡了，加上我和我媽那時候正在看《X檔案》，討論結果是那個男人搞不好會把我送到國外給專家當實驗材料，或者找外科醫生把眼珠挖出來讓我恢復正常，我們都覺得那男人信不過。」

刑玉陽小時候因爲無法控制白眼，只好一直戴著眼罩，加上容貌出眾、個性毒舌，沒少受過霸凌，因此母親很有遠見地直接送他去學武，他十歲就拿到合氣道黑帶了。

當然小孩子黑帶還是裝飾用居多，但他似乎一直往實用路子上鑽研招式，不是說他幹掉很多對手，反而是讓人痛得要命又不會受傷需要技巧，據刑玉陽說他不想打個架還要麻煩到媽媽來道歉賠罪。

刑玉陽和他母親感情一定很好。

「我媽這輩子會過得這麼坎坷，追根究柢也是因爲我的存在和那男人，所以看完遺書後，我聯絡那男人的祕書打算清理父子關係。那時我算對靈異世界有些認識，因爲這隻眼睛引來的異類造成不少麻煩，比如說害我媽丟了打工、身體變得更差之類。要是放任不管，將來我的人生也會被這隻眼睛拖下水，我得想個從根本改善的方法。」刑玉陽用食指指著天花板。

「就是有間自己的房子？」

「正確地說，是屬於我的一處地盤。房子相當於結界，住得越久庇護效果越好，無論如何，絕對比到處搬家安全。」刑玉陽環顧周遭。「我和那男人花了三年時間談判選址，他在全台陸續找出十幾筆符合我指定規格的便宜房地產讓我選，我一直不滿意。最後我要那男人買下這處中古屋，因爲這裡離鎮邦的大學很近。」

「所以你是因爲主將學長才來讀我們學校嗎？那他畢業搬走後你不就一直得住在原地嗎？」我問。

「沒差，當時我只是想活下來就好，方便和老朋友見面至少是個定下來的理由，又花了一年考上同間大學，不過我對體育系沒興趣。高中學餐飲，之後也想著養活自己，選了可以利用這間屋子餬口的相關專業，加強開餐廳知識，大學四年都在準備開店，一樓改建咖啡廳和房屋修繕費用是我自己貸款加上到處借錢。」刑玉陽比了個七。

「抱歉，我說你日子很逍遙沒有惡意，只是你這邊太舒適了。」我不該胡亂臆測他有個夢幻家世，雖然生父的確有錢，他又一副貴公子長相，但七位數的債款比我還慘，刑玉陽說他忙到沒時間參加社團，原來不是去約會。

「『虛幻燈螢』裡的一切都是能不花錢就不花錢，靠自己慢慢弄，不用繳店租和人事費用，自己會算進貨成本，單打獨鬥倒也眞的很逍遙。」刑玉陽沒有生氣，我眞搞不懂他的雷點。

「本來那男人還要我簽保密協定，我說保密協定不簽，放棄繼承倒是沒問題，只要房子和土地權狀乾乾淨淨歸我。其實我能拿的法定特留分絕對不只這筆房產，不過我一半是給老媽出個氣，一半是我自己有需要。只要以後他或他的老婆們，還有我那些同父異母的手足不來找麻煩，我就不登報作廢父子關係給他難看。」

我屏氣凝神地聽著他的故事，刑玉陽一直都很冷靜，提到母親時口吻甚至有些詼諧，能夠感覺出那是他刻意保護的美好回憶，對於生父則是完全否定，即是恨都懶得恨的冷漠。

「因爲那男人的緣故我出生了，卻沒來得及照顧我媽，她就被我累死。我只想和那男人劃清界線，可不想讓他有虧欠我的機會，老媽的債也加減替她討一些回來。我算過他入手這處房產時的價格，差不多等於我從小到大的養育費，算上醫藥費還不夠呢！從今以後只是陌生人，雙方都輕鬆多了。」刑玉陽說。

吊扇在頭頂旋轉，帶下涼涼的氣流，他的話在腦海裡宛若這些微風不斷吹拂著我。

我對刑玉陽有點改觀了，不是同情，該怎麼說呢……羨慕，對，是羨慕。我羨慕他敢還手爭取，撐過來了，爲自己打造一席之地，從頭到尾都睥睨那個無恥的有錢人。

然後他說出我最不想聽到的那三個字。

「換妳了。」

Chapter 10 / 冤親與債主

照理說，一個大眾公認的帥哥要和妳深入了解彼此，應該是件很開心的事，但我只有寒假作業雖然帶了但是沒寫完，被老師當面檢查書包的毛骨悚然。

我的戀愛細胞早就壞死，對異性沒有賣牛奶的期待。

如果你聽不懂賣牛奶的意思，這是個寓言故事，有個賣牛奶的少女將牛奶罐頂在頭上去市場，一邊幻想她可以用這罐牛奶換到一籃雞蛋，孵很多小雞，換成牛羊賣更多錢，買漂亮衣服，最後在舞會上和王子跳舞，她搖啊搖地翩翩起舞，牛奶罐就從頭上掉下來摔碎了。

通常，讓我們動心的人就是那罐牛奶，就算那罐牛奶不是自己的，大多數人還是想把它頂在頭上搖一搖。許洛薇還算是好的，說她只會把牛奶喝掉，當然還是會付錢。

好看的人看多也就麻痺了，別忘了我那柔道社不知是否磁場特別，總是吸引到顏值高但個性有點問題的俊男美女加入，我算是個例外。若非許洛薇垂涎腹肌賄賂我潛入柔道社，我大概大學四年都不會參加社團，省錢也省時間，然後錯過和許多有趣人物的相遇，一畢業就帶著設計系熬夜爆肝的破爛身子崩潰了。

「呃……」我過了五分鐘還是說不出來。

「妳在模仿某種蟲的叫聲嗎？」刑玉陽不耐煩。

「我在努力思考了！」

「隨便，想到什麼就說，反正我也不期待妳知道問題癥結點，但線索一定就藏在妳的記憶裡。」

「好吧，我家眞的很普通，老爸當水電工，老媽是家庭主婦，但會接一些清潔和保母工作。我是獨生女，他們不是沒想過再生弟弟，不過一直生不出來。家人感情算是還不錯，老爸沒工作時全家還會去郊遊踏青。」於是我比照他的做法先交代家庭背景。

「記憶中我小時候家裡並不寬裕，老爸是白手起家，我上小學前都住在鄉下爺爺家，爸媽到大都市找工作，有點算隔代教養。我爸媽本來很節儉，到我讀高中時就賺了兩間房子，我們一直住在第一間老公寓三樓。」我不自覺在「本來」那兩個字加重語氣。

刑玉陽聽得很專心。

「鎭邦以前描述過妳，加上這陣子觀察妳的樣子，大概能想像妳的家教，父母不像是輸光家產臥軌自殺的類型。」他直言不諱。

「物極必反吧？小時候我住在爺爺家無憂無慮，只是不高興爸媽爲何很少來看我，卻沒想過他們連一個便當都要斤斤計較分著吃，爲了存更多錢買房子，所有物質慾望都忍下來了。」

因爲刑玉陽問了，我認眞地從父母的角度想了想。

「以妳對雙親的了解，眞的是物極必反嗎？」刑玉陽若有深意地問。

我抿嘴，這就是我不想和他交代細節的原因，他鐵定會問些讓我不舒服的問題。

「我想應該是的。嘗過自由的滋味，當年要上小學時我也嚴重適應不良。」

「蘇小艾，妳視線在飄，有什麼想說沒說的嗎？」釣袖入腰、單臂過肩摔，摔死你摔死你摔死你！我沒種地在心裡詛咒。

「好啦！我說。大人眞的是說翻臉就翻臉，他們迷上賭博後就像換了個人，我怎麼勸都沒用，到最後我連飯錢都沒有，還好我有好幾隻豬公撲滿。」我有個怪癖，就是把紅包都換成銅板存進撲滿，這樣就能想像自己有很多錢，想要買東西也可以拿支小刀偷挖幾枚銅板出來用。

不是父母苛待我，相反地我什麼都不缺，文具或娃娃他們總是幫我買好了，只是零用錢給得少，不能滿足我餵飽小豬的樂趣，從他們沒用幫我存錢的名義收回紅包，就看得出其實我的父母對小孩子很慷慨，另一方面當然也是我從小就愛存錢而非花錢。

「那時是高三下學期，我在忙指考和術科考試，眞的沒心力了解狀況，直到老爸平常一起接案的朋友來家裡關心，我才得知他超過半年沒工作，明明有案子找也不接。」

「我眞正覺得他們失控，是有次肚子痛沒參加晚自習，提早回家時發現我媽在房間裡翻東西，雖然她聲稱是在替我整理房間，但我知道她在找撲滿，我也不懂自己爲什麼知道。」我抓著杯子，背脊也像玻璃杯上凝聚的水珠，開始冒著冷汗。

「我一直以爲只有爸爸在賭博，不知媽媽也跟他一起去，他們都趁我上課時去賭，我不知這種情況持續多久了，指考結束以後我就整天待在家裡想阻止他們，但那些聚賭的人一直打電話來……爸媽只要接到電話就走，不分白天晚上。」我一接起電話就掛掉，不想讓那些壞人聯絡到父母。

剛開始父母還會聽進一點我苦勸的話，答應我不再賭了，但他們總是在我洗澡或睡覺時順手接起賭友的電話，然後一聲不響開門騎車離開，等我發現不對勁衝出來，屋子裡只剩下我一個人，我因此得了電話恐懼症。

「他們沒有打我罵我，我的要求他們都說好，只是做不到，我好像在對垃圾桶說話。」我實在不想和外人承認這些。

「妳最嚴厲的阻止行爲是怎樣的？」刑玉陽問。

我一時無法理解，沒有說話。

「爲了不讓他們去賭博，妳只有勸嗎？」

「爸媽叫我不要和別人說，我不知道怎麼辦，那時就聽他們的了。刑玉陽，要怎麼阻止你說啊！」一道記憶劃過腦海，我無意識停了下來。

「怎麼了？」

「那時候我真的很生氣，差點離家出走，又想當面要他們在我跟賭博裡選一個，後來冷靜下來覺得很腦殘，就沒這麼做了。家裡就剩我一個了，離家出走根本沒意義。」

「妳還沒說完。」刑玉陽又釘住我的話尾。「沒這麼做的真正原因是？」

「我有強烈的直覺，一旦問出口他們不會選我！夠了吧！刑玉陽！」有哪個小孩子喜歡自己被拋棄！就算木已成舟，我也不想從父母口中再印證一次。我那時雖然快成年了，被照顧得太好，心理還是很幼稚。

「妳的父母性情大變，大約在半年之內，從老實人變成拋家棄子的賭徒。」刑玉陽複述一次經過重點。

「你到底想表達什麼？」他根本卯起來一直挖我隱私。

「妳本能已經注意到他們精神出了問題，乍聽之下很矛盾，只是生活習慣墮落的話，家人感情還是在的。你們也許會爭吵，被孩子指責，就算惱羞成怒也該有點反應。」他說。

回想過去，我的父母卻是無比自然地走向毀滅之路。我勸告過，憤怒指責過，他們都像沒聽見，簡直變了個人。刑玉陽說的不錯，我當時完全感受不到家人的感情，哪怕是不爽我罵他們也好，但父母給我的只有敷衍。

「所以我父母其實是生病了嗎？」我這幾年的確有關注精神病資訊，只是沒往父母身上想。

「但兩人同時快速惡化的情況也不太尋常，加上現在已經確定有冤親債主想殺妳了。」刑玉陽欲言又止，彷彿他早有定論，只是引導我去思考。

「蘇小艾，妳難道沒懷疑過，妳的父母是被冤親債主害死的？」

他剛剛說了什麼？

我盯著玻璃杯上的透明倒影，臉孔因爲變形看得不太清楚。

「刑玉陽，我聽不懂，你再說一遍？」我的聲音顫抖得很厲害，仔細一看連手指都在發抖。

「妳已經聽見了，慢慢地，好好想清楚。」打從我認識他以來，刑玉陽的聲音從來沒這麼溫和。

過了一會兒，他又問：「妳讀大學以前也是無神主義者嗎？」

「不記得了。」我囁嚅。

「也許六年前妳不曾考慮這種可能性，畢竟因果輪迴冤親債主聽起來簡直就是迷信，但是遇見許洛薇，以及差點被操控去死後，妳現在回憶看看，是否有這種可能？或者反過來告訴我，妳的父母有明確的自殺動機，譬如得了絕症或有憂鬱症病史，可以排除被惡鬼害死的理由也行。」刑玉陽道。

「我不知道！」

「那就努力想！」

「當時他們已經輪到去搶銀行也不奇怪了！」我根本沒懷疑父母的死因。

「蘇小艾，我認爲妳不是沒想過，只是下意識逃避事實。」刑玉陽愈發堅持。「按照邏輯來說，妳遇到冤親債主時就該想到這件事了。父母死得蹊蹺，所謂的冤親債主不就是先找上一代報仇才輪到妳？只有妳早就知道原因，才會無視這麼明顯的關聯性。」

我不想再待在這個人面前了，他那白色的眼睛太可怕。人也好，鬼也好，那隻眼透出的目光都像在讀著一本書，只想翻看發展，那也是隻異類的眼睛。

「我要去找薇薇……」

「妳再逃，下次就是不明不白地死！」

他那聲低吼鎮住了我。

「六年前，妳看到或聽到了什麼讓妳非得忘記否則就會崩潰的事，現在是妳活下去的重要線索！」

「我記得爸媽打電話回來交代遺言，說我對他們很重要……一想起來就難過，可是至少爸媽是愛我的，就是這樣我才有勇氣活下來……可是……家裡的電話早就被我摔壞了，我不確定爸媽有沒有換新機，誰在繳水電費？吶，刑玉陽，這只是我的錯覺對吧？」我用力敲著自己的額頭。

「我不記得接到那通電話前，燈到底是亮著還是被斷電了？」

明明我也是從小衣食無缺的獨生女，何時被餓怕了，一旦許洛薇餵食我，我就開心得唯命是從？

刑玉陽抓住我的手，阻止我傷害身體。

其實我的理智早就在說，那個時間點根本不會有人去買新電話機替換，而當時我連怎麼繳水電費都一竅不通，但因爲我一直有電話不斷打來的記憶，潛意識合理化成電話沒壞，水電費則是從戶頭自動扣繳，無視在父母欠下高利貸後，帳戶裡怎麼可能還有餘額可扣？

我會極端害怕電話的眞正原因，是因爲家裡那具電話眞的不合常理地恐怖。

「可以了，先到這裡就好。」刑玉陽將一盒面紙放在我面前，但我沒哭，在他面前我哭不出來，只能死死攢著拳頭。

「那通遺言只是我幻想出來安慰自己的謊言嗎？就像戴佳琬的黑色胎兒一樣？」

刑玉陽低頭看著我道：「姑且不論電話有沒有壞，那通遺言我想是真的，妳確實聽到父母最後的聲音。」

「你憑什麼打包票！」

「妳現在還活著，而那個冤親債主六年後才找上妳，顯然那時妳的父母有奮鬥過，不管用什麼方法，拖延了冤親債主的腳步。」語罷，刑玉陽說要去做宵夜便走進廚房了。

後來，刑玉陽做了兩個小時的宵夜，因為我哭了兩個小時，把面紙都用完了，袖子和領口都濕透了。

胸口又悶又重，喉嚨也很乾，到後面沒眼淚了，眼睛很澀，心裡還是像開水沸騰的鍋子，幽暗熾熱的情緒不斷溢出來。

我好想回到之前渾渾噩噩的狀態，無知也是一種幸福。

家裡發生了無法理解的怪異現象，當時別說追查父母死因，我連怎麼走路都快忘了，光是認知到得處理喪事和債務就已經精疲力竭，唯一的希望是不要想太多，快點逃到新大學去。

大腦為了保護我的理智，巧妙地擱置一些太過危險的訊息，只留下少許模糊的矛盾。

這段痛哭時間裡，我又想起更多片段記憶，原來我上大學後的一切習性都有原因。

曾抓著父母生氣大吼請他們不要再去賭博，被一把揮開。太害怕被他們徹底遺棄，後期反而越來越容忍麻木，柔弱膽怯地困在家裡，憎恨無能爲力的自己。所以有了許洛薇派我混入柔道社的契機後，我開始學柔道，練習主動攻擊，逼自己相信沒有父母照顧也能活下去。

發現父母已賭到現金涓滴不剩，水電網路都被斷了，連我的豬撲滿也被搜走，驚慌失措的我跑去用公共電話找爺爺求救，然而小時候很疼我的爺爺卻說爸爸已被逐出家族斷絕往來，祖先明訓沉迷賭博勸戒不聽者親族一概不許伸出援手，他們異常嚴苛地遵守這條規則。

聯絡媽媽那邊認識的親戚，只得到阿姨們冷淡的語氣，強調已經借過我爸媽錢，不期待能拿回來，她們也有家庭孩子要顧，叫我爸媽爭氣些，別叫小孩子來討錢。救急不救窮，何況被我一提才知道借出去的血汗錢被拿去賭個精光，誰不震怒？接著我就打不通了，貌似被設了拒接未知來電。

我無法怨恨這些親戚，只是滿懷羞慚、無比心寒。

之後我從來沒想要找親戚，世界上只剩下自己一個人，還有不久後認識的許洛薇。

高中班導師在危急時刻扶了我一把，替手足無措的我處理喪葬事宜，阿姨們匆匆來弔完喪就走了，沒有公祭，怕討債人士會來鬧場。班導師又帶我辦好學貸和拋棄繼承，讓我搬了些私人物品住到她家直到大學開學，勸勉我好好讀書有個一技之長。因爲這句話，明知前途茫茫，我還是兢兢業業完成設計系課業要求，至少這是我回報那個好老師的方式。

就在這時，我忽然明白一件事。

那隻老鬼或許是冤親沒錯，既然無法和解，只能戰鬥到底。

但是，我才是債主。

□

就在我盯著見底的玻璃壺和空盤子又渴又餓，刑玉陽端著兩盤義大利麵出來。

總覺得深夜裡這樣的場景不太對，被許洛薇馴養過一次的我雖然有危機意識，但送上來的食物不吃白不吃，可惡……

「你的義大利麵煮了兩個小時？」我彆扭地說。

「十分鐘，前面的一小時五十分在和鎮邦談事情。」刑玉陽揚揚手機。

「你答應過不告訴主將學長！」我立刻急了。

「不是在說妳，是關於戴佳琬的收尾部分。她總不能一直在精神病院住到分娩，看起來她是不打算墮胎了，既然如此，我和鎮邦想居中協調設法讓她回家。」

我鬆了口氣問：「你們具體打算怎麼做？」

「沒妳的事。鎮邦會繼續和戴佳琬雙親溝通，他是警察，他們會比較願意聽進去。等家裡態度軟化，我會用直屬學長身分帶戴佳琬回去，順便解釋這段時間她的情況。至於神棍和懷孕緣由挑重點說，就當一切都是從警方那邊知道的，單純點以免節外生枝。」

「會成功嗎？」從現在開始才是主將學長的主場任務，我也只能默默祈禱了。

「要花時間，不過我想戴佳琬的父母最後會接受她和肚子裡的小孩，只需有個權威人士——例如警察——向他們保證照顧生病女兒是正確且值得努力的事，觀念也不是不能改。之後他們要帶她求神問卜解咒或尋找更專業的精神治療，都是家屬的責任。」

我似乎有點了解刑玉陽的弦外之音，畢竟會把女兒趕出家門的人心態上就是怕丟臉，矛盾的是，拋棄家人這件事本身就不怎麼光彩，至少表面上家中願意接回戴佳琬，在我們看來已經可以了，她現在迫切需要的是有秩序的照顧陪伴，不是談心。

學長們把停損點設在讓戴佳琬回家這件事讓我很感動，我們原先都沒想到能做到，善後工作比起抓壞人的難度也不遑多讓。

一股不安在腦海盤旋，被我強行壓了下去。戴佳琬的父母趕走女兒後說不定已經後悔了，我的父母興許也不是自願墮落，這是我接下來要調查的目標，至於戴佳琬能否恢復健康，那個孩子的命運如何，已經遠超過我們的能力了。

「如果那個胎兒在產檢時沒查出毛病，就是多了個投胎機會，陰曹地府應該會另擇適合的魂魄寄宿，就嬰兒本身來看，理論上可以健康成長。」刑玉陽雖然這麼說，實際上我們都知道要扶養這樣的孩子困難重重。

「坦白說，墮胎雖然是個簡單明瞭的解決方法，但戴佳琬卻不見得承受得了這種打擊，所以你們才尊重她的欲求對嗎？」我在思考爲母則強這句話。刑玉陽的母親當年也堅持生下小孩，我沒辦法理解爲何要選擇風險巨大還可能帶給孩子痛苦的做法。

搞不好就得有這種不理性的衝動，人類社會才能延續發展，但我絕對不要任性地留下後代。

「倘若她能珍愛那個孩子，我想孩子也絕對不會埋怨這個身世。」刑玉陽說。

「但她的身心狀態還有愛孩子的能力嗎？」我很現實地問。

他沉思片刻道：「關於符術失效和家庭支持系統的正面影響，目前還無法斷定，但也不能說絕對沒有恢復的可能性，我覺得母親的強大無法用理性解釋。」

「我沒有這種信心，只能相信你的意見，畢竟你滿有資格講這句話。」我鬱鬱地吃著義大利麵。

世界上倒楣孩子多得是，會埋怨的就是會，更有資格埋怨。刑玉陽這麼說可能只是不希望我繼續擔心，否則他也不像是會講這種空氣話的類型。

收拾完碗盤後，免不了再來一杯咖啡，許洛薇在外面這麼久都沒進來搭話吃點心有點不尋常，但以她的個性，經常玩瘋了就不顧一切，加上我們之間的直覺聯繫沒出現異樣，天亮之前都是她的自由時間，也就由著她了。

「張阿姨替妳找好驅邪的宮廟了，不過我們一時走不開，妳暫時還想做什麼？」張阿姨是刑玉陽對主將學長母親的稱呼，他和主將學長不愧是青梅竹馬。

「調查冤親債主的具體資料。許洛薇說那隻老鬼是我的冤親債主，可能是像你說的，我下意識迴避爸媽自殺的可疑事證。」

「許洛薇說的？」刑玉陽若有所思地反問。

「她從學校的鬼魂嘴裡聽到不少八卦消息，但我又看不見其他鬼，除了許洛薇以外，目前只是從很曖昧的距離角度看過去世雜貨店老伯的背影，冤親債主也是很激動時才驚鴻一瞥。」我倒沒懷疑過許洛薇的情報，畢竟那隻老鬼眞的想殺我，我和別人無冤無仇，只剩下冤親債主的可能。「路邊野鬼也不會大費周章弄這些陰謀詭計來謀殺我吧？」

「妳打算怎麼調查？」

「先打電話問問親戚，以前家族裡有沒有不正常死亡或因果業報傳說之類，雖然很久沒和親戚聯絡，攸關性命的情報我還是會努力查清楚。」

這次大概回答正確，刑玉陽對我的調查方式沒有意見。

「許洛薇和冤親債主，妳選一個。」他端起咖啡喝了一口，冷不防拋出選擇題。

「聽不懂。」

「鎮邦必須知道妳的行動目的，換言之，就是妳身邊有惡鬼的事實，問題嚴重到有生命危險，妳的種種怪異舉止都是爲了保命。反正他對靈異無感，我口頭告知他原因即可，其他部分妳想瞞我沒意見。」

「學長又不相信鬼神之說！幹嘛非得告訴他？」

「反正他以前不信，現在也得信了。再說，相信與否不等於了解眞相，把惡鬼當成神明也是信，還不是迷信。」刑玉陽的話讓人難以反駁。

告訴主將學長，我的大學好友化爲紅衣厲鬼回來，對我本人無害，我想和許洛薇一直在一起。但我打算查出許洛薇自殺理由這個目標暫時還不想讓任何人知情。

或者讓主將學長知道有個冤親債主不知何時會捲土重來謀殺我？

選項一太電波了，選項二好像比較安全。

上次的教訓讓我知道主將學長會追根究柢，蘇小艾戰鬥力只有一張衛生紙，我鐵定禁不起他逼問許洛薇的事，至於那隻陰笑老鬼，無論主將學長如何追問，我暫時也擠不出東西，不知道就不算說謊。

「我選冤親債主。」

刑玉陽用不出所料的輕蔑表情看著我。

「主將學長若是知道許洛薇的存在，不千方百計鏟了她才怪。你提那個選項是要害我喔！」我抱怨。

「妳是心燈熄滅的半個活人，要說半個死人也可以，和鬼神打交道能不能死得乾淨好生投胎還有待商榷。」刑玉陽道。

他的標準何時降低了？都不期待我能長命百歲，只求好聚好散嗎？

「那薇薇至少能說是疫苗，她好歹替我增強抵抗附身的能力了。」我趁機提出許洛薇的優點。

「弊大於利。」

「她不收我房租。」

「……鳥爲食亡，算了。」

這個現實的理由刑玉陽居然沒意見，他的雷點到底在哪裡啊！

時鐘響了一聲，凌晨兩點半了。

「今晚妳在這過夜，別走夜路回去。」刑玉陽收了白眼。

「欸？沒關係啦！我有薇薇，晚上空氣好。」不敢說我們這幾天也是去偏僻小路進行淨化保養工程或逛夜市的夜貓一族。

「夜間二氧化碳更多。蘇小艾，妳想睡覺嗎？」

雖然很累我還是猛搖頭。「吃飽了，又喝咖啡，完全不想睡。」今晚一堆資訊衝擊讓我了無睡意，但也渾身脫力。

「那就好，鎮邦剛剛也在電話裡談好這次要給妳的報酬，加上我的一點心意，在這等著，我去拿。」

「就說不用了……」

刑玉陽無視我的客套，上樓提了個沉重的帆布袋下來，抽出一包鼓鼓的信封遞來。不誇張，內容物至少有兩公分厚。

「放心好了，不是現金。」刑玉陽像有讀心術般適時解釋。

他示意我打開來看，是一大疊「虛幻燈螢」的餐券，總面額還不小。

「用食材成本價換算的餐券分量，其他瑣碎支出我概括吸收了，畢竟妳這次幫了不少忙，即期材料反正也得消耗掉，如果妳打烊前一小時來消費本店沒賣完的點心，我還可以給妳打八折。」刑玉陽說。

是很讓人開心的報酬，但主將學長爲何會這麼清楚我的喜好？

我惶恐地將餐劵抱在胸前，不住瞄著那袋沉重的神祕禮物。

刑玉陽家裡好像不常煮米飯，不過沒關係，麵粉我也很歡迎。我有不祥的預感，只能自我安慰。

他單手將那袋少說有六、七公斤重的物品放在椅子上，從中抽出一本奏摺似的古典紙本遞給我。

「《地藏菩薩本願經》？」我順著封面讀出書名，刑玉陽又從裡面拿出一包空白影印紙，打開包裝抽出數張白紙合著一支鉛筆放在桌面上。

「這是做什麼？」我還沒反應過來，手腕先感到陣陣刺痛，喂喂！這幻覺不太妙耶！

「用心讀，至少先抄一遍。用鉛筆寫比較方便訂正錯字。」刑玉陽完全沒有開玩笑的意思。

「這就是你的『一點心意』？」我扒開帆布袋，裡面滿滿都是貼了標籤紙的佛經道書，我還看到一本《聖經》合和本修訂版。

刑玉陽的心意不但厚殼有角，還可充當鈍器，媽呀！

「只是借妳看，這一袋我已經讀熟了，暫時用不到。」刑玉陽說。

「我不是驅魔師，讀這些又沒用！」甭說我不學無術，一、兩本經書也就算了，這種光看就想吐的字數和重量，還要手抄不只一遍，我寧願去深山瀑布修煉。

「蘇小艾，妳動不動被附身，可見是腦波弱。」

「我心情已經很糟，你還雪上加霜！」

「這就是所謂的先天不足，後天補救。經典之所以是經典，自然有他的道理。難道妳每次都要把自己弄得血淋淋才能保持清醒？是增加MP的時候了。」

「這裡面好多本太深奧了。」刑玉陽要是教我袈裟斬或八方切之類的我絕對歡迎，再把合氣道的木刀換成桃木劍，仔細想想可行！

「不懂來問我，不收妳家教費，幫我拖地擦桌子就好。」

記得我向他提過許洛薇是中文系，但我們好像自動跳過這一點了。

「會有效嗎？」我給自己下過制約，只要是能力範圍內的防守訓練我沒有偷懶的資格。

「妳可以拿許洛薇試試。」刑玉陽這個提議不太善良。

「結果你也想趕走她！」我眞不敢想像被許洛薇聽到這句話，他們兩個會鬥成什麼樣子。

「那是最終目標，她在妳身邊也暫時算一道保險。」他毫不掩飾人鬼殊途的價值觀。

我怕誤傷到許洛薇，剛剛還有點雀躍找到變強門路的心情立刻消沉不少。

「我的意思是，妳和那個紅衣女鬼如果確定要合作，就該去開發幾招有效的自保招數。經文本來就是安定心神、拓展妳的思維。冤親債主爲何？書裡也有解釋。若要用在驅鬼目的，她沒那麼弱，妳也沒那麼行。」

刑玉陽這麼一說，我才放心地收下他借我的書，畢竟我也不想每次都叫許洛薇出去打打殺殺，沾惹一堆惡意孽障。尤其老符仔仙也說殺鬼會有報應，雖然他的鬼話我大多不信，但以牙還牙會招來連鎖反應，這種因果關聯我卻沒懷疑過。

「嗷嗚——」這時庭院外傳來一聲長長的狗螺，接著是此起彼落的呼應聲。

刑玉陽忍耐片刻，最後還是評論道：「妳朋友的興趣著實與眾不同。」

大哥，你猜錯了。許洛薇和大多數女性同胞一樣都喜歡腹肌，奈何程度上已是喪心病狂。

他被淒厲貓叫吵起來過，難道許洛薇又在測試警報聲有效性？

「她可能想開發生物兵器。」我畢竟比較了解許洛薇。鬼殺鬼會感染瘋狂，換成對遭附身者物理攻擊也是一種解法，既然如此，野狗攻擊力當然比貓高。

「不想睡覺就抄書，我出去叫她安靜些。」刑玉陽拍拍桌上的紙筆。

「唉……」

我把額頭壓在白紙上。

與其說我和小白學長終於冒出像是朋友的交情，不如說我變成了刑玉陽的新朋友，我的朋友很少，他的朋友感覺上也不多，卻都情誼堅固。

雖然和這人相處壓力不小，但的確得到很多幫助。主將學長帶我認識刑玉陽不單是爲了拯救戴佳琬，大概也有拉我一把的用意在。他不在我身邊，刑玉陽卻住在離我很近的地方。

刑玉陽不是會隨便接收包袱的男人，就連直屬學妹他也是事情了結就準備放手，我更不喜歡依賴別人，人際關係能躲就躲。

刑玉陽從一開始的防備，到把我當成主將學長委託的責任，最後自發性地料理我的麻煩，這些差異我還是分得出來，但整個過程我並沒有積極努力爭取他的好感，主將學長在背後施了多少力實在不好說。

生活雖拐了個古怪的大彎，卻再度見到許洛薇，還能和兩個學長重逢，我眞的很幸運。

要是《地藏經》不要那麼長就更美好了。

尾聲

和學長們與許洛薇參與事件的時間似乎過得特別快，消耗了十張「虛幻燈螢」的餐券後，主將學長在視訊裡告訴我，戴家終於答應將女兒接回去照顧，並非常感謝我們這段時間的操心幫忙。

吳法師已遭羈押等待開庭，鄧榮被列為共犯通緝中，不知是老符仔仙還是吳法師本人錄下鄧榮性侵戴佳琬過程，打算作為控制鄧榮的把柄，這份錄影最終讓戴佳琬的家人決定控告這對神棍。

刑玉陽從擁有修道背景的朋友那邊輾轉得到專家指示，歸還沒派上用場的攝影器材時，也將那塊小神主牌一併轉交給專業修道者處理。至於無極天君偶像則放在烈日下曝曬七天再用柴火燒掉，我還贊助了院子裡兩年沒修剪的雜樹木料。

「遇到陰天下雨怎麼辦？」我問了個無聊的問題。

「我的蒸籠放得下。」刑玉陽也有中餐廚師資格。

刑玉陽燒掉神像那天我還特地過去看，邊喝冰咖啡邊欣賞熊熊大火，豈是一個爽字了得。

由於我們兩個加總的靈能力都不足以確定老符仔仙到底是逃跑藏匿，抑或已被陰間制裁，加上鄧榮依舊行蹤不明，我最近出入仍然小心戒備，只是心態上沒有先前數著日子等待進攻那麼緊繃。

我按照先前計畫開始向親戚打聽祖上得罪過人的線索，不出所料毫無收穫。現代人的親族感情早已不如早期農村時期緊密，我媽結婚後就和娘家罕有來往，連初二都沒歸寧省親，加上我家因父母賭博欠債自殺，被所有親戚視爲炸彈，三個阿姨裡只聯絡上一個，她也不可能將長輩不體面的往事告訴一個疏遠的小輩。

我一直是和父系親戚較熟，畢竟小時候還寄養在爺爺家，老爸那邊據說是個大家族，但我卻沒有家族特別高貴有錢的印象，依稀記得親戚平均分散在士農工商，收入、地位都差不多，頂多小康之家。

還是孩子時我對大人身家背景毫無興趣，加上又是臉盲，總是身邊的人讓我如何稱呼長輩我就依樣畫葫蘆，叔公姑媽和姻親阿姨之類都混在一起，而這個在地的大家族已經和我這一房徹底斷絕關係。

母親那邊只知外公外婆去世得早，我媽還是小女孩時便屢次搬遷，遺產在我還不懂事時已盡數出售，所得款項都留給我從沒見過的舅舅，惹怒了諸位阿姨，但當時女兒沒資格爭遺產或早就認命，不存在所謂的老家。父系親族中我倒是找到一位沒有血緣的嬸嬸還能說上幾句話。

大二時爺爺去世，在家族裡好像是件大事，理論上我早就被排除在婚喪喜慶家族事務之外，這位嬸嬸知道我小時候和爺爺感情好，還是偷偷向學校打聽到我的手機號碼，打電話告知我這個消息。

那時我和她長談許久，講的都是兒時瑣事，末了嬸嬸勸我不用去奔喪，有這份心就夠了，就算我勉強去了也沒辦法到靈堂前上香哀悼。

先前不明白爺爺爲何對我這麼狠絕，過幾日刑玉陽等我心緒平復後又問了些細節，斷定問題應該出在父系祖先那邊，家族裡一定有知情者。

「刑玉陽，你這份推理有憑據嗎？」我知道他分析能力很強，居然能識破我自欺欺人的部分，但連我完全不清楚的家族祕辛他還能隔空捉藥就太過分了。

「仔細想想就能明白的事。做錯事的父母已經自殺謝罪，妳本人也辦理拋棄繼承，又是內孫女，重視族風的親戚居然沒安慰照顧妳，反而子承父罪繼續流放，連適合和解的喪禮都不能出席，在死者爲大的傳統觀念裡本身就很不合理。除非他們早就知道有冤親債主存在，妳大概被當成祭品了。」刑玉陽拍拍我的頭。

我應該生氣，對於刑玉陽的點破，當下反應卻是想哭。

既然家族不要我，我也不希罕向他們求助，但我迫切須要知道來龍去脈，還是決定回老家一趟，問問當地耆老或騷擾看我不順眼的親戚都好。

換作大學時的我一定沒這種勇氣和厚臉皮，但現在我覺得自己什麼事都做得出來。我還得活著解開許洛薇的自殺祕密，如果玫瑰公主有個仇人逼死她卻逍遙法外，我非得對那人來個社會性抹殺不可！

然後是張阿姨推薦的宮廟居然就在我老家附近，原本主將學長堅持延到他有空再陪同我去驅邪，他媽媽也打算一起去！這下總算有理由謝絕他們的好意陪伴，畢竟我才是地頭蛇。

我實在不敢勞動他媽媽幫忙，再說主將學長已經連休息時間都賠去調解戴佳琬的家人，接下來若有空閒我還寧願他在家裡睡飽些。這些日子天天做安全回報的我對主將學長愈發疲勞的神色變化也看在眼底。

明明主將學長就不是負責神棍詐欺案的警察，因同校學長這層關係，又探望過住院時的戴佳琬，便莫名其妙成爲戴家雙親事事詢問依賴的對象，我覺得不太公平。

經過一番討價還價，加上刑玉陽幫忙打包票，主將學長同意我可以自行先去驅邪，但他事後會聯繫宮廟確定我眞的有去完成儀式，假使成效不彰，他以後還會親自跟我一起尋找更有效的宮廟。

不知主將學長對驅邪的定義怎麼看？一般是會由廟方神明當中間人，讓當事者和冤親債主透過某些條件達成和解，無憑無據纏上來的外靈則是給些賄賂或由主神驅趕。我不可能和冤親債主和解，這可是血海深仇，我更不相信那隻卑鄙老鬼會被宮廟人士召喚出來，原本只是透過第三方確認符術已經解除就足夠了，事情又變得有些複雜。

冤親債主害死我的父母，討債也得有個限度，套句許洛薇的話，這種殺人狂早該捉去關，其中一定有問題，該負責的是管鬼的陰間單位不是我。

現在冤親債主和老符仔仙都不在附近，我身邊只有許洛薇，嚴格說來我不需要驅邪，主將學長母親推薦的廟宇越不靈驗反而越好，但她偏偏找到我老家那間百年王爺廟，該座廟宇雖然沒紅到變觀光景點，每年還是有進香團包遊覽車來拜拜，香火頗盛，典型的地方信仰中心。

「我會先回老家到張阿姨指定的王爺廟驅邪，走個過場讓主將學長安心，早點解除安全監控，主將學長就不會這麼累了！」我興致勃勃對刑玉陽說。

刑玉陽上上下下打量我許久，冒了句話：「妳還眞是老實。」

終於連他也誇我老實了嗎？隱約覺得這句評語放在此時有點不太對。

「安啦！那間王爺廟我小時候也去過幾次，路怎麼走還有印象。」我對刑玉陽比了個大拇指。

「張阿姨找到的宮廟剛好在妳老家，這件事大概不是純粹的偶然，妳最好多加小心。」刑玉陽道。

「不是偶然，那是什麼？」

「也不見得就是天意這種正面的影響，只能說『冥冥』，往細處說就像我的眼睛爲何會變成這樣，只能等待契機，答案總有一天揭曉。」刑玉陽沒有果斷丟個專有名詞出來，不知爲何我反而覺得可信度較高，大概因爲是經驗人士的分享。

「微妙歸微妙，也算某種指標對吧？」我觀察他的反應，希望自己猜得沒錯。

刑玉陽點點頭。

「何時出發？」

「後天。」

「到了以後馬上聯絡我。」

「會啦會啦！你和主將學長都會一起報備。」

「住宿問題怎麼解決？」

「鎮上有網咖，不然也找得到便宜民宿，有許洛薇在，不乾淨的地方也乾淨了。我打算最多去個三、四天就回來。」這樣旅費還勉強控制在負擔極限內。

如果和主將學長他們同行，學長一定會堅持負擔所有開銷，我眞的覺得這太過了。

刑玉陽默默抽了三千塊給我。

「這是幹嘛？」我立刻生氣了。

「如果沒急用，就買土產回來給我，我有些朋友還沒問候送禮，一樣的買多點就行了。三百塊當妳的跑腿費。如果臨時需要用錢，權當妳跟我借的，我要收利息。不是什麼大錢，畏畏縮縮，難看。」

我嘟著嘴收下他的友情贊助，看來像刑玉陽這種漂亮型男生還是有著仗義疏財的英雄情懷，他已經相當顧及我的面子，我再推辭就不對了。

「謝謝。」

我最後一問，爲的是離開前沒有掛念：「你把眞相告訴戴佳琬了嗎？」

「說了。」

「她的反應還好嗎？」

「很激動。可惜我沒辦法和妳一起回老家了，這陣子我還是盯緊戴佳琬爲妙。她如果要生下孩子，沒有這點覺悟也不行。聽得懂眞相表示她沒有我們以爲的癲狂，總比沉浸在幻想裡就這樣生產，哪天醒悟把孩子當成仇人化身下鍋煮了要好。」他的話聽起來有點嚴厲。

原來刑玉陽還想陪我回老家調查，他們就沒一個信任我的判斷能力嗎？

我聽了刑玉陽的話不禁打了寒顫，萬分同意現在最重要的是穩住戴佳琬，不能再出差錯。

其實我不過和吳法師交手兩回，探望過幾次戴佳琬，主將學長和刑玉陽負擔的工作更加耗時辛苦，整椿犯罪對當事者和家屬又是一輩子的傷疤，活人比鬼可怕多了。

回到老房子，只剩下我和許洛薇，她很高興終於可以擺脫兩個沒情調的男人（人家並沒有纏著妳好咩？），和姊妹一起離開這處鬼地方（！）透透氣。

畢竟許洛薇對不實用的異性毫無興趣，二十四小時催促著我快點啓程，還說她期待去我的老家很久了。

不就是另一處比較靠海邊的鄉下而已？

但我六年沒旅行，許洛薇則是被土地力量鎖在地上兩年，我們竟像生根在這一帶了。

哪怕只是一場平凡的返鄉之旅，還是激起我無限期待，和許洛薇躲在棉被裡熱烈討論敵人可能會在路上發動攻擊，但對我們來說再也沒有所謂幻想的家家酒。

一切都得來眞的。

我在餵食器裡倒滿一星期份的雞飼料，算是有備無患，抱起紙箱改裝的外出籠，小花乖乖蹲在紙箱裡，和我的紅衣好友一起慵懶地打著盹。

鎖上老房子大門，我出發了。

《玫瑰色鬼室友．異形之友》完

後記

這是個「撞」進來的故事。

二〇一六年春天，百無聊賴隨意漫想，從「下雨天留客天」的傳統吟哦莫名其妙湊出了「玫瑰色鬼室友」六個字。通常是畫面和角色陸續出現找我說故事，這次卻是故事名字帶領我找到角色。長篇連載和生活壓力早已是構成我的一部分，當時想著農曆新年快到了，不妨放開來樂一樂，於是打開word寫下小艾與薇薇的故事放到ＰＴＴ長期棲息的marvel板和讀者分享。

原本只打算挖個小小的坑娛樂一下大家，順便探討生死相隨的友情，以及我一直很有興趣的因果循環和冤親債主，也做好射後不理的邪惡計畫，沒想到一發不可收拾，伏筆和有趣人物一個個冒出來，作者果然不能起壞心眼，讀者催稿也實在太暴力。

有時候，寫作是一種發洩，那些不足爲外人道的痛苦可以透過故事人物訴說成爲推動故事的力量。人生種種不如意，醞釀轉化，換個角度說不定別具滋味，困境固然使人卡住難以動彈，不也代表某個人正合上命運的齒輪，接下來要怎麼走？出多大的力量才能轉彎？充滿了未知的樂趣。

《金剛經》上說果報不可思議，我認為人類的腦袋更加不可思議，天使惡魔魑魅魍魎，只要你喜歡，就能納入你的世界。人其實不需要活得很正向，只要奉公守法對得起良心，自得其樂或許更容易度過不期而至的風雨？一個荒謬的願望說不定能賦予絕望之人活下去的勇氣，即使沒有夢想，命運也會源源不絕送來驚喜或挑戰，不知不覺間，也許又在承擔新的責任，和陌生人相遇乃至熟識，得到不曾期待的收穫。

小艾的執著有好有壞，即將為她開啓一場又一場冒險，無論現實再怎麼絕望，遇到最荒謬的願望都要讓步，調查好友的死因並護送許洛薇平安投胎，惡鬼一隻接著一隻包圍索命時，枯燥貧窮的人生看起來似乎沒那麼嚴重了。（咦？）

身邊充滿奇人異士，一心只想當路人的女主角未來能否和俊男美女們順利繼續淡定相處呢？這邊請容許作者賣個關子。

眾緣和合，人與非人之間的邂逅，貪婪的慾望，命運的捉弄，種種幻夢向來在創作者眼中充滿誘惑，我總是希望為角色們帶來美好結局，因此不努力不行。

期待與各位繼續在故事中相逢。

蹟流　敬上

下集預告

小艾為了調查冤親債主之謎，帶著女鬼好友與貓咪小花回到斷絕關係的鄉下老家，等待她們的卻是一連串意外狀況。
水鬼變城隍，古老幽暗的王爺廟，神祕的白衣大姊姊，被封印在兒時回憶中的寶藏，過去祕密即將浮現——

玫瑰色鬼室友

vol.2 業事如織

2018 春季 熱烈登場！

國家圖書館出版品預行編目資料

玫瑰色鬼室友.卷一,異形之友 / 林贖流 著.
——初版. ——台北市：魔豆文化出版：蓋亞文化
發行，2017.11
面； 公分.（Fresh；FS146）
ISBN 978-986-95169-8-3（平裝）
857.7 106019052

fresh FS146

玫瑰色鬼室友 vol.1 異形之友

作者 / 林贖流
插畫 / 哈尼正太郎　　封面設計 / 克里斯
出版社 / 魔豆文化有限公司
地址◎ 台北市103赤峰街41巷7號1樓
電話◎（02）25585438　傳眞◎（02）25585439
部落格◎ gaeabooks.pixnet.net/blog
臉書◎ www.facebook.com/Gaeabooks
電子信箱◎ gaea@gaeabooks.com.tw
投稿信箱◎ editor@gaeabooks.com.tw
郵撥帳號◎ 19769541　戶名：蓋亞文化有限公司
發行 / 蓋亞文化有限公司
法律顧問 / 宇達經貿法律事務所
總經銷 / 聯合發行股份有限公司
地址◎ 新北市新店區寶橋路二三五巷六弄六號二樓
電話◎（02）29178022　傳眞◎（02）29156275
港澳地區 / 一代匯集
地址◎ 九龍旺角塘尾道64號龍駒企業大廈10樓B&D室
電話◎（852）2783-8102　傳眞◎（852）2396-0050
初版一刷 / 2017年 11月
定價 / 新台幣240元　特價 / 新台幣129元
Printed in Taiwan

ISBN / 978-986-95169-8-3

魔豆

魔豆